海空陸
RIKU MISORA

繪者 WON

序章　所謂正義，所謂邪惡

阿爾卑斯山。

這座山脈橫跨歐洲，是世界為數不多的天險。

〈解放軍（Rebellion）〉，這群恐怖分子認定伐刀者（Blazer）為被選召的新人類，意圖建立新世界。他們的總部基地，曾經位於阿爾卑斯山脈之間。

曾經——之所以用過去式描述，是因為這座基地早已喪失功能，死屍與碎瓦堆積如山。

這一切，都是〈解放軍〉幹部〈十二使徒（Numbers）〉之一，〈傀儡王〉歐爾・格爾叛亂所引發的結果。

歐爾・格爾反叛，導致〈十二使徒〉除了歐爾・格爾與其他兩人之外，全數死亡。

而現在——

〈解放軍〉已經形同瓦解。

早已滅亡的恐怖分子據點，出現了無數人類。

一名身材健壯的老人，一襲合身漆黑西裝，純白圍巾隨風飄逸。他正是日本數一數二的綜合企業集團〈風祭財團〉總帥，尚存於世的〈十二使徒〉之一，風祭晄三。

晄三年過八十才得來的女兒，〈魔獸使〉(Beast Tamer)風祭凜奈。

凜奈的隨從兼女僕，夏洛特·科黛。

晄三畫家好友的女兒，也是晄三的養女，〈染血達文西〉莎拉·布拉德莉莉。

最後是風祭晄三的盟友，任職日本總理大臣的伐刀者，月影獏牙。

他們來到〈解放軍〉基地，是為了藉由月影讀取歷史的能力，瞭解〈解放軍〉基地發生過的狀況，並且保護**如今應在據點最深處**的〈解放軍〉盟主——〈暴君〉。

——然而……

其他勢力阻止了他們的行動。

無數武裝運輸直升機發出巨響，降落在〈解放軍〉據點遺跡。

美利堅合眾國的超能力部隊〈ＰＳＹＯＮ〉，以及〈ＰＳＹＯＮ〉隊長，以護目鏡隱藏容貌，身材高瘦之人——〈超人〉(The hero)亞伯拉罕·卡特。他們跳下直升機，手持槍械，將月影等人團團包圍。

◆◇◆◇◆

「亞伯拉罕，你打算帶我們去哪？」

「……」

晄三的問句蘊藏怒氣。

但亞伯拉罕沒有回答。

他走在晄三等人前方，默不作聲。

〈解放軍〉據點就在山壁內，鑿山破石建造而成。晄三等人也跟隨在後，沿著樓梯往下走。

「——」

凜奈掙扎著，神情痛苦扭曲。

晄三等人都不是出自自我意志跟著亞伯拉罕走。

他們抵抗再三，仍然動彈不得。身體違反自己的意願，被迫活動。

一切起因於〈超人〉亞伯拉罕。

一行人來到一座電梯前方。

「過來。」

他們接到命令，搭上電梯。

電梯發出轟隆巨響，開始移動，帶著晄三等人前往更深處。

「半世紀以前，發生了席捲全世界的龐大戰爭，第二次世界大戰。」

在乘坐電梯期間。

亞伯拉罕開口講述。

講述的內容，是這個世界的現代史。

「以德國、日本、義大利為中心的軸心國；合眾國（States）、英國、中國為首的聯合國。這場戰爭以德國入侵波蘭為契機，將世界一分為二，被視為極端帝國主義的末路——但是這個認知是錯誤的。」

亞伯拉罕說著，雙眼隔著護目鏡，望向凜奈。

「風祭的女兒，妳可知道這段描述為何是錯誤的，那場戰爭的真相又是如何？」

「不許你無禮……日本商政二界牛鬼蛇神盤踞，而風祭財團稱霸日本商政二界。我貴為風祭公主，當然明瞭世界的真相。」

凜奈答道。她的語調一如往常浮誇，且夾雜怒氣，憤怒的矛頭正是指向綁縛自己的男人。

她的父親晄三曾為她講述世界真正的歷史。

真相即是——

「那場大戰的起因並非國家，而是〈解放軍〉盟主，世界深淵的王座之主，黑暗之王——〈暴君〉！」

亞伯拉罕聞言，點了點頭：「沒錯。」

「〈暴君〉以自己的能力洗腦世界各國的領導階層，推動戰爭。他刻意讓戰爭弱化整個世界，好讓〈解放軍〉成員，也就是他們認為的被選召之人——超能力者成為支配階級，建立王國。」

〈解放軍〉早在數百年前，第一次出現在歷史之時，就主張著相同目的。

〈暴君〉繼承前人思想，從深邃夜幕之中探出魔手，掌握聯合國、軸心國雙方的政治中樞。

他漸漸將世界拖入無人期望的戰火之中，肆意擴大戰爭。

戰爭在露骨的惡意煽動之下，越演越烈。以往的戰爭存在一條不成文規定，就是局限在士兵之間的打鬥，世界大戰卻讓這條慣例失去意義，目的漸漸轉為虐殺一般人民，無差別攻擊，甚至即將動用核子武器。

倘若核武行動成真，世界的樣貌或許會與現在大相逕庭。

不過——

「〈暴君〉的野心在得逞前一刻受挫，〈白鬍公〉阻止了他。」

現任〈國際魔法騎士聯盟〉之首，〈白鬍公〉亞瑟·布萊特。

他當時任職英軍的主力部隊，逼得義大利投降，赫然察覺戰爭背後存在罪魁禍首，正是〈暴君〉——也就是〈解放軍〉。

他認定這群幕後黑手才是真正的敵人。

於是，他為此展開行動。

〈白鬍公〉越過〈暴君〉洗腦組成的警戒網，暗地聯絡自己特別信任的一群伐刀者，不分軸心國、聯合國，組成一支特種部隊。

「於是，他們突襲〈解放軍〉據點，使〈暴君〉身受重傷，擊退了他。」

當時的有功人士，包括黑鐵龍馬在內，多為爾後〈國際魔法騎士聯盟〉重要盟國的主要戰力。黑鐵龍馬甚至無視〈大本營〉指示，擅自指揮〈武士局〉，與〈白鬍公〉協力攻打〈暴君〉。

他們解除〈暴君〉的洗腦，終於遏止戰火繼續蔓延。

世界開始慢慢走向和平。

「合眾國重視他們的戰果，才吞下龍馬．黑鐵在中途島帶來的恥辱，中止東京報復行動，答應談和。但——這個決定是錯誤的。」

亞伯拉罕的話暫時告一段落。

同一時間，通往地底的電梯發出沉重聲響，停止動作。

「現在的〈國際魔法騎士聯盟〉，**欺騙了我國**。」

電梯門敞開。

眼前一片漆黑，那黑暗如濃墨，深沉陰暗，電梯內的光亮都無法照亮前方。

亞伯拉罕走入黑暗，幾步過後，往後頭大手一揮。

他的手產生火焰，火往周遭四散，揭開暗幕。

「——這是！」

凜奈倒抽一口氣，莎拉目瞪口呆。

火光映照之下，是圓頂狀的地下空間。

正中央，是一座王座。

王座上——坐著一名中年男人。

這個地方只存在一個人類。

「——那就是、〈暴君〉……」

王座只有幹部〈十二使徒〉能夠進出。莎拉和凜奈儘管長年出入〈解放軍〉，也從未走進王座的所在地，她們是第一次目睹〈暴君〉容貌。

他究竟是什麼樣的人物？

兩人靠近王座，好奇地凝視黑暗內的真面目。

然而過不了多久——她們察覺異狀。

她們越接近王座，異狀越發明顯——

「!?」

那人明確地現出輪廓。

莎拉等人越來越靠近，〈暴君〉依舊不為所動。

但這也難免——

一柄日本刀釘住了〈暴君〉，他全身結凍，猶如蟲類標本。

王座上，是一具冰凍的死屍。

屍體手握血紅之劍，應該是自身的靈裝（Device），雙眼圓睜，神情滿是憤怒與震驚。

換句話說——

「這就是〈聯盟〉的謊言。根據〈白鬍公〉和黑鐵等人的報告，他們在這裡擊退〈暴君〉，使其身受重傷。然而報告並非真相，〈暴君〉早在半世紀之前，就已經身亡。」

下手的不是別人，正是〈白鬍公〉一行人。

但〈白鬍公〉等人隱瞞〈暴君〉的死。

「〈聯盟〉隱匿事實，偽裝〈暴君〉仍存活，掌握整個〈解放軍〉。以非法暴力操控世界，謀取己方利益。

這行為無疑背叛世界的信任。

你們方才回答我，你們並非世界之敵。但你們的答案形同詭辯。

〈國際魔法騎士聯盟〉——你們就是世界的敵人。」

亞伯拉罕拿下護目鏡，狠瞪〈解放軍〉幹部晄三。

他的眼神，彷彿在斥責他以〈十二使徒〉身分，勾結〈聯盟〉。

晄三面對亞伯拉罕的眼神——

「你竟敢在那裡胡說八道，厚顏無恥。」

他語帶輕蔑，回瞪亞伯拉罕：

「〈超人〉亞伯拉罕・卡特，誰都能胡扯，就只有**你**不能！」

◆◇◆◇◆

亞伯拉罕的嚴詞批判——

那些——多半都是事實。

風祭晄三的身分證實了亞伯拉罕的批判。

晄三提供〈解放軍〉大筆資金援助，代價是由他控制那些世界規模的犯罪與紛爭。

他先行知曉種種紛爭，預先投資，進而獲得龐大利益，發盡戰爭財。

〈風祭財團〉之所以能在戰後大幅度成長，都歸功於晄三與地下社會的聯繫。

但是——

事實上，晄三的目的並非財富。〈解放軍〉旗下諸多惡人，如〈獨腕劍聖〉、〈傀儡王〉。

晄三投資獲益只是障眼法，以便取得恐怖分子的信任。

他加入〈解放軍〉真正的目的，是做為日本——甚至是〈聯盟〉的棋子，進入惡人的權力核心，透過豐厚資金取得發言權，一定程度控制〈解放軍〉的行動。

因此，晄三的行為的確背叛了世界。

他不打算否認自己的罪行。

然而——亞伯拉罕的批判激怒了晄三。

亞伯拉罕批判的一切雖為事實，卻並非真相。

只有一個部分，完全偏離真相。

亞伯拉罕任意扭曲了那個部分。

那就是——

「我們的確隱瞞〈暴君〉的死，但並非謀取私利。美國！現今的〈大國同盟〉(Union)分明也知道真相！」

沒錯。

亞伯拉罕的說法，等於〈聯盟〉欺瞞了以合眾國為代表的〈大國同盟〉，將後者塑造成被害者。

「當年〈暴君〉的陰謀引發大戰，世界百廢待舉。人人流血受傷，怨聲載道，隨時可能再起衝突，再次引發大戰。世界情勢極不安定的狀況之下，地下社會再失去〈暴君〉，難保那些惡人再弄出什麼亂子……」

那些不法之徒想必大肆在世界各處作亂。

可以想見日後狀況會難以收拾。

後果也可想而知。憎恨已於大戰萌芽，他們再四處搧風點火，世界恐怕隨著恨意，再次墮入戰火。

「當年，世界需要時間冷靜。

因此在戰後的情勢之下，還不能失去〈解放軍〉這個組織。

〈解放軍〉是必要之惡。現今組成〈聯盟〉、〈同盟〉的主要國家認知到必要性，才跨越思想、仇恨的隔閡，齊聚一堂達成共識，決定繼續維持這個組織！」

賦予犯罪勢力某種框架，管理並操控〈解放軍〉打擊任何可疑行動，以保持三強鼎立的世界格局。

〈解放軍〉終究是恐怖分子的烏合之眾，時不時有人背叛組織，在局部地區引發爭端。

但從大局來看，這個體制至今仍稱得上表現優秀。

「〈大國同盟〉同樣派出人選加入〈解放軍〉，那就是同為〈十二使徒〉之一的〈大教授（Grand Professor）〉——**而你是他的兒子**，你可別說你不知道！」

沒錯。

換句話說，亞伯拉罕等人隸屬的〈同盟〉方，同樣參與了〈解放軍〉的謊言，他們也是共犯。

某方面來說，這狀況是理所當然。

若非世界兩大勢力同意，不可能維持這場大騙局近一世紀之久。

然而——

「不知道，根本不存在你說的一切。一切都是〈聯盟〉專斷獨行。」

亞伯拉罕再次裝傻。

他態度冷漠又蠻橫，否定得很**粗魯**。

「你！你夠了！亞伯拉罕，你到底在打什麼主意！」

他為何故意撒顯而易見的謊？

晄三不懂亞伯拉罕的企圖，面帶焦躁。

不過另一方面——

「——原來如此，是這麼回事。」

「月影？」

月影之前始終沉默地跟在亞伯拉罕身後，這時，他終於明白對方態度為何如此強硬。

「也就是說，你們想把所有錯推到〈聯盟〉身上，方便向世界宣告，你們就是正義。」

「——！」

晄三聞言，神情頓時緊繃。

這也難怪。

一個國家高舉正義大旗。

在近現代世界史上，這麼做**只有一個**目的。

也就是——「開戰的藉口」。

「〈大國同盟〉——不，合眾國！你們打算重蹈覆轍，再次掀起那場戰爭嗎？」

「正是如此！」

月影質問亞伯拉罕，就在同一瞬間——

〈暴君〉的王座後方傳來掌聲。

所有人下意識望向聲音源頭。

緊接著，一個男人緩緩從王座陰影處現身。

那是一名老人，身裹白袍，身材發福如木桶。

老人見所有人目光聚焦在自己身上，滿意地瞇起眼，停止鼓掌。

接著，他從口袋拿出水菸壺，靠向嘴邊——

「嘶～～～、唔!?咳咳、咳呵!?」

他嗆到了。

「嘖……這草根本便宜貨！之後得跟藥頭抗議。」

臃腫老人抱怨著，把水菸壺砸向岩地。

周遭的目光直盯著老人，他見狀，舉動滑稽地聳了聳肩。

「哎呀，別用那種眼神瞧我。你們島國禁止抽這玩意，但在我國可是合法的。」
晄三等人之所以目光帶刺，絕不是因為這個老人剛才吸了大麻。
他正是美利堅合眾國的聯邦準備理事會（註1）主席，和風祭晄三同為〈解放軍〉最高階幹部〈十二使徒〉之一，〈大教授〉卡爾・愛蘭茲。
「莎拉，好久不見了，之後身體如何呀？」
「…………」
這個男人以前治好了莎拉的舊疾。
老人對莎拉有恩，但莎拉現在看他，眼神卻不帶善意。
想當然耳，晄三等人的敵意更加濃烈。
「愛蘭茲，你這傢伙……！」
他讓兒子亞伯拉罕束縛了三人；
亞伯拉罕說出有利〈同盟〉的虛假謊言；
再加上〈同盟〉方堅持說謊，背後另有企圖。
晄三將這一切怒意灌注在目光，狠瞪著愛蘭茲。
他的表情憤怒如鬼神。
不過，愛蘭茲立於絕對優勢，絲毫不畏晄三的凶狠目光。

註1　聯邦準備理事會：為美國中央銀行體系的主管機關。

「哈哈哈，風祭總裁，你別太激動，小心血管破裂。〈傀儡王〉已經破壞戰後維持至今的世界構造，現在世界不得不往新時代前進。那麼，一個國家當然要率先行動，奪得新時代的主導權，不是嗎？」

他訕笑著反駁。

也就是說，月影的推測說中他們的意圖。

愛蘭茲沒有絲毫愧疚。

「所以，我們需要各位的協助——我們在附近的美軍基地準備好房間，何不去那促膝長談？」

◆◇◆◇◆

〈ＰＳＹＯＮ〉捉住月影一行人，帶走〈暴君〉的屍體之後，便撤離〈解放軍〉據點。

遭〈獨腕劍聖〉斬首的群山，再次陷入寂靜。

山風終於颳平眾人踏亂的粒雪之際。

又出現一名青年，在雪面留下足跡。

「…………」

風颳過山谷間，破爛衣服隨風搖曳。

破衣底下是一套和服，以及千錘百鍊的體魄。

青年剪去長髮，氣質有些變化，但那雙眼神光彩如刃，令人聯想到精心研磨的刀尖，已經比話語更能訴說青年的身分。

〈烈風劍帝〉黑鐵王馬手持比日本刀大上一倍的大太刀，現身於此。

〈七星劍武祭〉結束後，王馬便橫越大陸，直線朝這地方前進。

他只有一個目的。

〈暴君〉曾讓王馬親嘗屈辱，他要來報仇雪恨。

不過，等他終於抵達目的地，進入阿爾卑斯山脈之後，沒多久——

他手上的國立曉學園電子學生手冊，接到一通意料之外的電話。

王馬看了來電者，也吃了一驚。

他沒料到除了弟弟之外，還有興趣這麼奇特的人願意聯絡自己。

王馬差不多忘了怎麼用手冊接電話。一接通，**她**這麼說道：

——「救命」。

電話另一頭指定的地點，正巧就是自己的目的地。

王馬加緊腳步，穿越阿爾卑斯山，抵達已經毀壞的〈解放軍〉據點。

他犀利的眼神環顧周遭一圈，除了自己，沒看到任何人。

來電的人究竟在哪？

而王馬的疑惑——

「我等您、很久了……」

聲音給了他解答。

聲音源頭就在身旁，但那場所空無一人。

王馬一回過頭，空蕩蕩的空間緩緩浮現人影。

正是那人把王馬叫來這裡，王馬也認得她——是夏洛特·科黛。

「幸好您就在附近……」

「原來是莎拉的伐刀絕技（Noble Arts）。」

〈道旁之岩灰〉。

〈染血達文西〉莎拉·布拉德莉莉能透過顏色、繪畫重現自己的想像。

而〈道旁之岩灰〉正是她的魔法，在目標身上塗上顏色，可以轉移他人的注意力。

莎拉為夏洛特施了魔法，因此她就如同路旁的石頭，進入他人的視線範圍，別人也不會察覺。

不過她主動跟王馬說話，解除魔法。

畢竟世上不存在會說話的石頭。

王馬明白了前因後果，也同時驚覺——

她們之前的處境，逼得莎拉不得不施展有隱身效果的魔法。

「風祭他們去哪了？」

「……大小姐、被綁走了……凶手是、美軍……」

「妳說美國？」

「求求你……請你救救大小姐、救救凜奈大小姐……！」

夏洛特搖搖晃晃地靠近王馬，苦苦哀求。

她的身體冰冷，手指凍傷，變了色。

畢竟在王馬抵達之前，她一直待在這冰天雪地之下。

夏洛特大可找地方躲藏，但她希望盡快告知王馬，她的主人有危險，哪怕只快一秒也好。

王馬見識到夏洛特不顧自身的忠誠——

「美軍往哪裡走了？告訴我方向。」

他脫下破舊外套，為夏洛特披上，問道。

夏洛特似乎冷得嘴巴不聽使喚，只用手指指出〈ＰＳＹＯＮ〉直升機飛走的方向。

這就夠了。

王馬將靈裝〈龍爪〉高舉天空——

「〈龍眼〉。」

他解讀風；

聆聽風；

追逐隨風飄散的魔力殘渣，以及風穿梭而過的軌跡，摸索自己熟悉的那股魔力去向。

過不了多久——王馬查出了方向。

第一章

〈烈風劍帝〉ＶＳ〈超人〉The hero

捷克斯洛伐克。

過去在大戰之中，納粹德國造成這個國家極大損害。該國在戰後與以英國為中心的〈聯盟〉合作，但自日本之後，義大利、德國等軸心國接連加入〈聯盟〉，捷克斯洛伐克也漸漸與〈聯盟〉保持距離，美國後來取代了〈聯盟〉，開始大力影響捷克斯洛伐克。

捷克斯洛伐克境內存在數座美軍基地，月影獏牙、風祭晄三、風祭凜奈、莎拉被帶離阿爾卑斯之後，前往其中一座背向塔特拉山脈的基地。

這裡是基地深處。

鋼鐵大門深鎖的房間內。

房間天花板只垂吊一顆日光燈泡，月影、晄三就待在房間裡。

兩人被鋁箔膠帶牢牢綁在椅子上，低垂著頭。

〈超人〉亞伯拉罕站在他們身後，雙手靠在兩人後腦杓處。

手掌散落著青藍魔力。

「嘔……嗚、唔……」

魔力光輝慢慢增強。

隨著亮度增加，兩人的身體開始顫抖，嘴邊滑落嘔吐物。

〈精神操控〉。(Mind control)

〈超人〉現在動用能力洗腦兩人，試圖讓他們做出有利於合眾國的證言。

然而——

「…………」

洗腦進度並不佳。

一行人抵達基地之後，已經超過三天。

魔力化作探針，不停攪動兩人的腦漿，他們至今沒有一夜好眠，卻靠著強悍的意志力彈開洗腦，始終眼帶敵意，如針刺般死瞪著坐在對面的人——〈大教授〉卡爾・愛蘭茲。

「唉～～～兩位可真是頑強得不得了啊。」

愛蘭茲呼出大麻餘煙，暫時要亞伯拉罕停手，無奈地聳了聳肩。

「先不提月影是超能力者，總裁，你區區一個普通人，竟然能抵擋亞伯的洗腦這麼久，說實話，我很吃驚。」

「……老美的臭小鬼、少瞧不起人……我可是親身經歷那場戰爭……這點折

© W

磨……算個屁啊……」

「啊啊啊，真是夠了，老年人怎麼都這麼頑固？算了，反正我們只要看到日本首相投降，就算是達成最基本的目的。你差不多該放棄了吧？嗯？再掙扎只是白費力氣呀。」

愛蘭茲的視線從瀕死的晄三，移向月影，問道。

月影不如晄三老邁，卻也筋疲力盡了。他抬起頭，反問道：

「Mr. 愛蘭茲……」

「什麼事？」

「──美國、合眾國現在在〈大國同盟〉，也稱得上數一數二的大國……〈聯盟〉成員以小國為主，自然贏不了貴國……不是嗎？」

「……？你說得是，那又如何？」

「但貴國卻採取如此粗暴的做法，高舉世界的正義大旗，掀起戰爭……人民如今只想靜靜生活，為何貴國不惜傷及無辜，也要繼續壯大自己……!?」

「窺看歷史」的能力，讓月影見過那場預知夢。他腦內浮現了夢中的景象。

熊熊烈火，籠罩東京。

歐爾・格爾叛亂，導致第三勢力〈解放軍〉實質上失去功能。

〈大國同盟〉認定這起事件為歷史的轉捩點，自稱世界的正義，打算再次掀起世界級的戰亂。

倘若現在這個時間點終將走向夢中的未來，合眾國做為〈大國同盟〉之首，究竟想要什麼？

月影想問出答案。

他的臉色因疲勞、痛苦而發青，憤怒更使他神情扭曲。

「齁齁，原來如此，是這麼回事。月影，你**看到了什麼**，是不是？」

「…………」

「你之所以串通自己的後盾，透過風祭總裁拉攏〈解放軍〉，做出古怪的舉動，就是因為你看過了『那個』。原來、原來，這就合理多了。」

「別管我的動機，回答我的問題。」

月影語氣強硬，再次逼問。

愛蘭茲聞言，答應了他「好」。

「合眾國的確勢力龐大，我國人口低於中國，但經濟規模加成後的國力，等同於世界第一。

但這點程度不夠，根本不夠。我國希冀的力量，需要遠比**合眾國以外，〈聯盟〉、〈同盟〉所有國家加總之後的力量**還要強大。」

「……！」

「我國的目標，就是擁有強大的力量，讓任何人都無法在背後對合眾國指指點點；即便我國公然射殺礙事的外國人，也無人能究責。」

因此，只有無人能敵的軍事能力，以及世界上所有國家依賴的龐大經濟能力——根本不值一提。

「我國需要『正義』，極端的『正義』，足以令全世界伏首；以及讓全世界認知到，合眾國就是『正義』的執行者。」

換句話說，讓〈聯盟〉背負戰後欺瞞大眾的罪名，只是其中一環。

合眾國想要藉此鞏固自國的立場，成為「正義」的執行者。

「告發〈聯盟〉為世界之惡，徹底粉碎、擊潰，甚至到體無完膚的程度，將合眾國的正確與恐怖深深烙印於世界。至此，就能創造一個新世界，合眾國的意志會成為『世界正義』本身。這就是我國描繪的新時代——」

「荒唐至極！」

月影等不到愛蘭茲闔上嘴，怒吼道：

「你知道人類為何擁有語言嗎……是為了擁有心靈！你們竟然想以暴力蠻橫通過所有的主張！甚至為了掌握過於強大的力量，打算再次掀起戰火，燃燒整個世界……愚蠢透頂！合眾國的國民想必也不會期望戰火！不是嗎？」

愛蘭茲聞言，一時按捺不住，放聲大笑。

「哈哈哈！怎麼會有政治家說這種夢話？國民期不期望，根本無所謂啊。反正就算發生戰爭，政經兩界人士（我們）又不會親臨前線。」

「……！」

以力量維持強權。

這只是政治家的散漫之舉。

放棄以言語交涉，不再以理智協調不同意見，只想堅持己見。

為了創造、維持能夠任意妄為的世界，讓別國、本國的年輕人流血流淚。

高層卻待在戰火無法波及的地方，悠哉觀戰。

這並非民主國家該有的模樣。

簡直不可原諒。

月影咆哮大怒，愛蘭茲卻滿不在乎。

愛蘭茲認為，強迫貧窮的無名國民為政經人士犧牲，是天經地義。但除此之外還有別的動機，足以讓他配合合眾國高層的行動。

「──以上只是在代言總統的理念，『世界正義』、『新時代』什麼的，我根本沒什麼興趣。」

「什麼？」

「你也知道，我是個**超能力研究者**。在政經兩界的關係，不過是為了調度資金。

但就算資金足夠，也是有問題難以解決。

比方說──收集人體實驗的實驗體。

世界上到處都有倫理道德約束，要想探究超能力者的一切，研究如何讓普通人**變化為**超能力者，活體解剖和實驗數量怎麼也不夠。嬰幼兒的實驗尤其困難。

〈解放軍〉是犯罪組織，我本來期待能趁機弄到實驗體，才接下臥底的職責，結果那邊的老頭囉嗦得要命，害我抓個實驗體也綁手綁腳。

──說實話，我可是積了不少怨氣。

就在這時候，總統帶了個好計畫給我。

等到合眾國的『世界正義』得償所願，屆時會打造一個收容『戰犯國』，也就是〈聯盟〉人的場所，還附帶管理者的權力。

到時我就能自由使用〈聯盟〉的伐刀者與國民當小白鼠，這真是非常有吸引力。我還沒做過活生生的〈魔人(Desperado)〉標本，想要得不得了……我會加入這次計畫，說穿了就是為了填補私慾。」

「瘋子……！」

晄三氣若游絲地罵道。

愛蘭茲見晄三假裝有精神，冷笑了聲。

「我再瘋，還是得想辦法讓你們上法院，為〈聯盟〉和日本的罪刑作證。當然，我國不會讓你白白當壞人，我們這麼辦吧？」

他起身，來到月影耳邊，悄聲說道：

「第三次世界大戰，將會消滅〈聯盟〉，合眾國打算在戰爭中徹底消滅日本，做為『世界正義』誕生的象徵……假設兩位願意協助我國，我們就在戰爭開始前，庇護你們的親族，而且附帶未來三個世代生活無虞。如何？這條件不壞，是不是？」

「呸！」

月影以態度回答愛蘭茲。

他朝愛蘭茲的臉吐了口水。

晄三見狀，登時哈哈大笑。

「哈、哈哈哈！月影，你行啊！真解氣！」

想當然耳，愛蘭茲沒有笑。

笑不出來。

愛蘭茲大口呼出氣息，擦掉臉上的口水——

「——哼!!」

「唔——!!」

接著他取出自己的靈裝——肉紅色的槍，朝月影耳邊開了一槍。

肉彈集中月影的耳垂。

緊接著，子彈沒入月影的體內，影響周遭細胞，使之變異。

月影的耳朵開始折疊、縮小，耳朵原本的所在之處長出一張齒列扭曲的人嘴。

嘴巴怪裡怪氣地扭動雙唇——

『呼呼、呵呵、嘻嘻嘻嘻。』

「唔、呃、啊啊啊啊……！」

「喂，不要太激動。」

「我沒激動，只是讓他這輩子耳邊有個消不掉的笑聲。」

亞伯拉罕告誡道。愛蘭茲聽了，反駁一句，讓靈裝回歸虛無。

愛蘭茲又坐回椅子——

「沒法子了，那就讓我換個方式施壓。亞伯，打開螢幕。」

接著向亞伯拉罕下令。

愛蘭茲後方有一道毫無裝飾的水泥牆，只設了一面大螢幕。亞伯拉罕接到指示，打開螢幕電源。

螢幕上——

「——!?凜奈!!莎拉——!!」

映出兩人的模樣。她們和月影、晄三一樣，被人綁在椅子上。

◆◇◆◇◆

「愛蘭茲——!!混帳東西，你對我的女兒做了什麼!!」

兩個女孩渾身赤裸，身體被鋁箔膠帶固定在椅子上。晄三見到女兒慘不忍睹的模樣，咯血吶喊著。

他這三天滴水未進，怒吼撕裂了他的喉頭。

愛蘭茲見晄三心急如焚，回以冷笑：

「我什麼都沒做，至少現在還沒動手。我們頂多脫了她們的衣服，以免引火上身，麻煩。」

「你說引火……你!!」

「兩位也知道，幻想型態傷不了人類的肉體，只作用在靈魂。不會損傷身體，只會產生類似強烈催眠的效果，讓對象感受傷口的痛。這特質俗稱『刀背』，超能力者——也就是聯盟所說的伐刀者，他們會利用幻想型態做類實戰訓練。

——不過，這型態還存在別種用途，而且效益十足。兩位知道是什麼用途嗎？」

『唔！』

螢幕傳來壓低的驚叫聲。

晄三急忙把目光拉回螢幕。只見兩名〈PSYON〉隊員，手臂覆著火焰，一步步靠近他的女兒。

「對，就是刑求。」

「唔～～～……！」

「兩位明白了嗎？兩位不願意服從合眾國的要求，我就要對她們嚴刑拷打，用〈人體發火〉（Pyrokinesis）燒她們的臉。幻想型態的拷打沒有終點，她們不會有燒到痛覺麻痺的時候。我們就好好**沸騰**她們的腦袋，幾個小時，甚至幾天，直到你們服從命令為止。」

「你這混帳!!」

「我想要的答案，只有『是』或『YES』。」

『爸爸！』

「！」

凜奈的呼喚，喚回晄三的目光。

眼前的女兒明白自己接下來的遭遇，臉色發青，卻仍然堅強地露出笑臉。

『凜奈撐得住！不管這些傢伙對我做什麼，我都不會叫！所以你不用聽他們的！』

「凜奈……」

『爸爸不是常說，風祭是幕後黑手(Fixer)，只為維持世界虛假卻難得的和平而生！凜奈也是風祭的一分子！我才不會輸給他們！』

凜奈氣勢十足，主張自己的意志，隨後用平時的浮誇語調，命令同樣遭囚禁的莎拉：

『莎拉，妳也是吾之眷屬！妳要奉陪到底……！』

『……我明白，我也很感謝你們家族願意接納我。』

莎拉點頭答應。風祭家收養了她，她也咬緊雙脣，以行動報答他們。

「妳、妳們……」

兩人的決心毫無虛假。
她們背著〈PSYON〉，**藏匿**了夏洛特。
所以在夏洛特帶援兵前來之前，她們不管受到什麼對待，都要忍到最後一刻。
兩人的神情堅定無比。
然而——
「動手。」

『呀啊啊啊啊啊啊啊啊啊啊啊啊啊！！！！』

痛楚與恐懼，能夠輕易擊潰人的決心。
兩人不願發出叫聲，緊咬著雙唇，卻瞬間鬆開來。
附著烈火的手臂左右緊抓住女孩的頭部。
火焰燒灼臉龐，兩人的慘叫登時迴盪在狹窄的房間裡。
『好燙、好燙好燙，啊啊啊啊啊啊啊～～～～～～～！！！！』
『噫、咿咿咿、噫咿咿咿噫咿咿！！！！』
「住手——！愛蘭茲，快叫他們住手——!!」
兩人瘋狂掙扎，想要逃離痛苦。
但是火焰雙臂牢牢抓住兩人。

換作是真正的火焰，她們的臉蛋早已融解，頭蓋骨也化為灰燼。不過，幻想型態等同於強力催眠。

幻火不會燒斷痛覺神經，大腦沸騰的痛苦無止盡地持續著。

理所當然的，沒有人耐得住這麼長時間的痛苦，兩人慘叫、痙攣了十分多鐘，便口吐白沫，失去意識。

『她昏過去了。』

『這邊的也昏倒了。』

「兩個小鬼，嘴上說得囂張，根本沒幾分毅力。打醒她們。」

〈PSYON〉隊員遵照愛蘭茲的命令，直接毆打兩個女孩的臉，準備打醒兩人。

做父母的，不可能耐得住這情景。

「我知道了！我明白了，快住手！」

「你的意思是？」

「就照、你的意思去辦……！別再傷害我的女兒！」

「我就想聽到這句話。」

晄三沒了剛才的氣焰，苦苦哀求。愛蘭茲滿意地點頭。

不過——

「……只有風祭總裁不夠。〈解放軍〉的幕後黑手，竟是日本最強大的財團，這劇本確實很具衝擊性，但還不足以撼動世界。

——〈聯盟〉，〈聯盟〉也得是幕後黑手之一。還是需要〈聯盟〉的重要人物，日本首相親口作證。是不是啊，月影？」

「…………」

「風祭總裁已經答應了，你是不是也願意協助我國？」

「月影！拜託你！」

愛蘭茲話鋒一轉，要月影表態。

晄三捨棄自己的信念，為了女兒要求月影配合。

但是——

「對不起，我辦不到。」

月影不肯點頭。

「月影總理……你的意思是，你打算犧牲那兩個女孩？」

「…………」

「幻想型態之下，她們仍能感受到真正的痛楚。一個人的意志力夠強悍，也許能靠氣勢撐過幻想型態的刑求，但也要她的意志力能長久維持。持續拷打幾個小時、甚至幾天，意志力肯定會瀕臨極限。至今無論多麼強悍的戰士，都難以承受。

——人類被刑求到崩潰之後，下場可是很悲慘的。

他們的自律神經失控，大小便失禁。聽到一點聲響就會大肆哭喊，猛抓皮膚，抓到皮開肉綻。冷漠如我，真要讓兩個年輕女孩**落得那種下場**，心也是會疼的。月影，看來你比我還心狠？」

「月影！我懂你的不甘！但算我求求你，答應他!!」

月影的嘴脣緊咬出血。

他踏入政治圈以前，就跟風祭晄三有私交。

所以月影在凜奈還是嬰兒的時候就認識她，風祭收養莎拉的時候，月影也在場。

她們不是陌生人。

對月影而言，兩人如同親戚的孩子。

現在看著兩人受到摧殘，月影也同樣心痛。

儘管心再痛——他仍有一道不可跨越的底線。

「——我是政治家，日本的國民信任我，才將國家主權交付予我。只要能從**未來的夢魘**拯救國民，我願意做任何事，更不怕髒了我自己的手！但是，我絕不當賣國賊……！」

「月影……」

晄三比月影更早開始為日本奉獻，直至今日。

他深刻明白月影的舉動與責任感。

所以，晄三只能無力地呻吟。

另一方面，愛蘭茲聽了月影的答覆，很是失望。

他遺憾地搖了搖頭，回頭望向螢幕。

「就是這麼回事。妳們接下來得受苦了，而且下場非常、非常悲慘。」

『啊嗄！』

『唔、嗚！』

兩名少女才剛被強行敲醒，〈ＰＳＹＯＮ〉隊員的手指又塞進兩人嘴裡。

手指上，附著〈人體發火〉。

現在開始會發生什麼事？

凜奈和莎拉明白了狀況，雙眼溢出淚水，淚光飽含恐懼與絕望。

「妳們哀求月影，月影也許會改變主意。所以小姑娘，妳們要加油，喊得好聽一點。」

「不────────！！！！」

就在此時。

「「────────！？！？！？」」

忽然間，一陣衝擊天搖地動，某處傳來物體遭破壞的巨響，基地內的廣播設備慢了一拍，發出急促的警報聲。

「亞伯，怎麼回事？」

愛蘭茲一問，亞伯拉罕沉默片刻。
他以能力掌握狀況——答道：
「是入侵者（Enemy）。」

◆◇◆◇◆

塔特拉美軍基地。
這座軍用基地周遭圍繞著十公尺高的水泥牆，想要入侵內部絕非易事。
但對伐刀者而言，高牆毫無意義。
壓縮後的氣壓砲彈，直接命中外牆單側。
砲彈打出一道入口，〈烈風劍帝〉黑鐵王馬悠然走入牆內。
他透過〈龍眼〉追蹤凜奈等人的魔力，最後發現這處基地。
當然，也包括魔力源頭的詳細位置。
王馬手握比日本刀大上一倍的大太刀靈裝〈龍爪〉，指向美軍基地的一角。夜間照明照亮一棟圓柱狀的純白建築物。
「風祭他們就在那棟建築物裡。」
「您看得出來？」
王馬點了點頭，把抱在腋下的夏洛特放到地上。

緊接著——

「〈天龍甲冑〉。」

他為夏洛特附上風甲。

夏洛特身上的風扭曲空氣，改變光的折射率。

她在光學上變成隱形人。

「我會拖住那些惱人的傢伙，妳快去救人。」

「王馬，太感謝您了……！」

夏洛特的腳步聲逐漸遠去。

下一秒，淒厲的警報聲響起，無數探照燈照亮了王馬，數十名武裝士兵聚集到他四周。

「你這個臭小鬼！不許動!!」

「哪裡不闖，竟敢闖進美軍基地，你已經準備好受死了是吧!?」

「——那是我的臺詞。」

「你說什麼!?」

「喂，煩死了！反正我們不會放他活著回去。開槍！」

士兵說完，同時扣下扳機。

攻擊軍用基地。

這舉動形同開戰。

就算下手的人是小孩，也不會輕饒。
美軍配給的裝備規格，都足夠傷及伐刀者。
數十架機關槍同時射擊。
伐刀者能減弱傷害，一般手槍頂多造成挫傷，但面對如此凶猛的暴力，撐不了多久。
——不過，前提是子彈能命中。
「怎、怎麼回事!?子彈沒打中!?」
「直接穿過去了……!?」
「不、不對！子彈全都飛到其他方向去了！」
士兵見到沙塵，這才驚覺。
他們的火線本來集中在王馬身上。
子彈觸及王馬之前，突然一個滑溜，轉向四面八方。
王馬的能力是「風」。
他利用風之力，彈開所有子彈。
而且——
「我剛剛說過了，『那是我的臺詞』。就算你們不是伐刀者，今天敢持槍扣扳機，代表你們已經做好心理準備，等著送死了。」
依王馬的性格，他當然不會傻愣愣地防守。

對方有意戰鬥，他就奉陪到底。

「〈無空結界・慘〉。」

「「「…………!?」」」

王馬將〈龍爪〉高舉夜空。

當下士兵腳邊向上颳起一陣狂風，強得足以掀翻人的身體。

這是什麼風？

疑問，隨即化作現象。

「嗄、啊!?沒辦法、呼吸……!?」

風掠走了空氣。

這就是王馬的〈無空結界〉。

但是〈無空結界・慘〉的效力，不只如此。

下一秒，他們的耳孔、嘴巴、鼻孔、汗腺——開始冒出鮮紅的蒸氣。

這些蒸氣是——他們汽化後的體液。

「呃啊啊啊啊!?血、血液沸騰了——!?」

「噫咿咿咿、咿啊啊啊啊!!」

物體的狀態與氣壓息息相關。

真空狀態會使體內水分沸點降到極低。

結果便是，體溫加熱自身的體液，使之沸騰。

結界內的士兵最終如同朽木，破碎、瓦解。

晚一步前來支援的士兵見狀，驚愕當場，停下腳步。

「混蛋！怎麼回事!?發生什麼事了!!」

「退後!!臭小鬼，我就用這玩意炸飛他!!」

巨軀趕開眾士兵，出現在支援兵力的最前方。

鋼鐵團塊發出隆隆聲響。

是坦克車。

坦克車轉動砲塔，瞄準王馬——

「看我把你炸成碎片!!」

開炮。

砲塔噴火，射出穿甲彈。

重達二十公斤的鐵塊，以超過秒速一千公尺的速度逼近。

砲彈擁有的龐大能量，遠超過機槍子彈。

雙方距離如此接近，王馬不可能以風之力偏移彈道。

於是——

「咦……」

王馬竟然張開五指，硬生生接下砲彈彈頭。

他的腳尖順著衝擊，刮削柏油地面。

王馬被撞退了十公尺遠，他卻始終直挺背脊，擋住砲彈。

「空、空手……他空手擋下了坦克車的穿甲彈——!?」

「還給你們。」

砲彈撞上王馬的手掌，早已變形。緊接著，王馬使勁扔出砲彈。

砲彈砸中坦克車右邊的履帶，履帶當場損壞。

坦克車的移動組件被破壞，登時動彈不得。

王馬見狀——

「〈刃旋風〉！」

立刻追擊。

他大刀一揮，筆直擊出龍捲斬風。

斬風猶如破碎機，撕裂射線上的士兵、坦克車。

燃料槽損毀，坦克車噴出火焰，點燃砲彈的火藥。

一陣巨大爆炸，瞬間讓坦克炸成廢鐵。

「就、就算他是超能力者，這未免太誇張了……！這傢伙的『身體』究竟是什麼做的!?」

眼前的暴力已經超越一般層級。

敵人的力量級別差距如此龐大，眾士兵開始畏戰。

就在此時。

士兵的救贖到來。

『啊——麥克風測試、麥克風測試。全軍退後，重複一次，全軍停止戰鬥，退後。』

「Mr. 愛蘭茲!?」

『那個叫王馬的年紀雖輕，已經是〈聯盟〉的A級騎士，被評價為**單兵足以改變國際社會的勢力分布**。你們人數再多也拿他沒辦法，之後就交由〈PSYON〉負責。』

廣播響遍全基地之後，下一秒。

王馬察覺月光落下陰影，向上望去。

天空中——

「————！」

一名黑衣男子頭戴護目鏡，白銀手甲食指握緊，一拳揮下。

王馬以〈龍爪〉接下拳頭，從容自在。

然而——

「〈人體放電(Elekinesis)〉。」

黑衣男見拳頭遭擋下，隨即放開五指，抓住刀刃。

高壓電流隨即導入手中的鐵刃。

電流伴隨引爆空氣的碎音，蹂躪王馬的肉體。

不過，王馬面對強烈電擊——

「哼!!」

不為所動。

他不顧痛楚撕扯肌肉，握緊拳頭，攻向敵人。

一記鉤拳，打橫朝黑衣男的右臉而去。

「……!?」

王馬的拳頭揮過半空中。

黑衣男忽然間消失了。

王馬不禁狐疑。

自己沒有眨眼，而他利用能力感受空氣流動，**沒有任何人類大小的物體移動的痕跡**。

「這不是高速移動，你忽然消失，又忽然現身。」

王馬一個轉身。

黑衣男就站在眼前。

王馬詢問對方的身分。

「你是誰？」

「亞伯拉罕・卡特，驅逐合眾國仇敵之人。」

◆◇◆◇◆

訊問室的螢幕切換了畫面。

上頭映出王馬和亞伯拉罕，兩人展開戰鬥。

王馬手握大太刀〈龍爪〉，亞伯拉罕罩上白銀手甲〈福音(Gospel)〉，帶著敵意彼此衝撞。

愛蘭茲見狀——

「我還想怪了，怎麼有人有膽闖進美軍基地，結果是王馬啊。」

他坐了下來，鬆了口氣。

「他還是老樣子，這麼莽撞，或者該說不知天高地厚？年輕人就是年輕人。」

「……我不覺得、你有時間裝從容。如你所說，他是A級騎士，潛能無法估計。」

「那又有什麼好怕的？我們這兒可是有〈魔人〉在。」

愛蘭茲聽了月影的提醒，滿不在乎地答道。

而他的自信可說是理所當然。

因為〈超人〉亞伯拉罕・卡特，是大國美利堅合眾國最強的超能力者（伐刀者在美國的俗稱）。

「亞伯拉罕・卡特，能力為〈超能力(Esper)〉。

〈人體發火〉，

〈人體放電〉，

〈瞬間移動(Teleport)〉，
〈精神操控〉，
諸如此類……
〈超人〉能自由操控無數異能，攻守兼具，綜合能力無人能及。我同意〈烈風劍帝〉黑鐵王馬的實力超群，但他遠遠不及〈超人〉。」
更何況——
「再者，他們以前早就分出高下了。風祭總裁，您也知道內情，不是嗎？」
「…………」
愛蘭茲瞥了晄三一眼，後者已經因為刑求憔悴虛弱。
他的神情苦澀不已。
「總裁，這是怎麼回事？」
「……為了維持世界的勢力平衡，〈暴君〉的死必須隱瞞到底。所以〈十二使徒〉之中，只有〈聯盟〉、〈同盟〉派來的棋子才知道事實……但總是有人起疑。」
晄三說道。
有些人認同〈解放軍〉的理念，例如〈獨腕劍聖〉；
有些人純粹享受「行惡」，如〈傀儡王〉；
這兩類人相對較服從〈解放軍〉的行動，但也有些人憧憬〈暴君〉的傳說，或是野心十足，想要取代〈暴君〉。〈十二使徒〉禁止成員接觸〈暴君〉，後兩類人質疑

〈十二使徒〉的決定，總會想查出真相。

「〈聯盟〉、〈同盟〉就會以實力『處理』掉那些好事者。任何人想接近〈暴君〉，都會被刺客暗中收拾。〈同盟〉方的刺客就是亞伯拉罕。想接近〈暴君〉的人不僅來自〈解放軍〉內部，有時也會有外人。當時的黑鐵王馬走遍各國修行，他也是其中一人。」

王馬當時慘痛落敗。

那場勝負也帶給他強烈的心靈創傷，讓他的心靈受到嚴重打擊。

但〈暴君〉早已死去，跟王馬打鬥的人不可能是〈暴君〉。也就是說——

「當時擊敗王馬的人，正是亞伯拉罕。」

愛蘭茲聽完晄三這句話，滿意地點頭。

「沒錯……黑鐵王馬曾經敗給〈超人〉亞伯拉罕。兩人早在很久以前，就已經分出高下——看，**他又被逮住了**，這下子，勝負已定。」

◆◇◆◇◆

探照燈於黑暗中切出一塊圓圈。

光下的決鬥場。

兩名伐刀者的暴力彼此交錯。

王馬是攻擊距離較遠的大太刀；

亞伯拉罕是拳頭。

距離是王馬占上風，攻擊次數是亞伯拉罕較有利。

但表面上的優勢、劣勢，對於伐刀者毫無意義。

王馬的風之力可使空氣的摩擦係數降為零，長攻擊距離兼具威脅十足的攻擊次數，徹底稱霸中距離。

亞伯拉罕結合〈預知未來〉與〈瞬間移動〉，輕易閃避王馬的攻擊。

他滑進王馬的腹懷，出拳攻擊。

拳頭在擊中王馬身體的前一刻，便直接彈開。

氣流之鎧。

〈天龍甲冑〉吹飛了所有攻擊。

亞伯拉罕身體一晃，失去平衡。

王馬沒錯過破綻，施展殺招。

亞伯拉罕一次〈瞬間移動〉，輕而易舉閃避攻擊。

——這戰況不斷重複。

兩名伐刀者攻守兼具，招數完成度極高。

論體術精度、魔法威力，雙方互不相讓，難以決出勝負。一次次拳刃相交，藍與綠，雙色魔力光芒衝撞、噴散。

然而雙方的抗衡狀況——驟然瓦解。

「……！」

王馬至今攻勢始終猛烈如火，他的動作卻戛然而止。

不、不對。

他並非主動停下動作。

是他無法動彈。

（動不了……這是…………）

「〈念力（Psychokinesis）〉。」

亞伯拉罕的護目鏡內側，雙目亮起詭異的光芒。

〈念力〉。

〈超人〉亞伯拉罕的〈超能力〉。

〈念力〉是〈超能力〉之一，不同於「魔力」，亞伯拉罕能夠感覺、操縱一種無形之力，進而干涉物體動能。

亞伯拉罕現在施展〈念力〉——伸出無數隱形之手，壓制王馬的身體。

〈念力〉的功用，當然不只捉住他人。

「〈念動狂擊（Psycho lush）〉。」

「……!?」

隱形衝擊突然接連擊中王馬的身體。

這不是「氣壓」；

也非「魔力」；

這是一種精神能量造成的衝擊，王馬的五官，以及〈龍眼〉的感知都無法辨別。

這陣衝擊不受任何外力干涉，只有亞伯拉罕的意念可以干涉其動能。因此〈天龍甲冑〉的防禦完全派不上用場，一次次衝擊擊中王馬——擊飛了他。

王馬撞上建築物的牆壁。

亞伯拉罕明顯占上風，眾士兵高聲喝采。

王馬隨即想站起身，身體卻動都動不了。

隱形之手將他壓制在牆上。

王馬——頓時理解。

「我認得這股力量。」

沒錯，他認得〈念力〉。

無形無色，無法防禦的神祕力量。

魔力探測、甚至是可觀測空間動盪的〈龍眼〉，都無力察覺，動用神祕能量的伐刀絕技。王馬曾經敗在這力量之下。

「為什麼你能使用這股力量……！」

王馬逼問道。愛蘭茲公布了答案：

『哈哈哈！原因很簡單！王馬，你曾經有勇無謀，闖進〈解放軍〉最深處，當時就是他，〈超人〉亞伯拉罕．卡特，把你打得一敗塗地啊！』

「什麼……？」

『沒錯，你根本沒和〈暴君〉戰鬥過。哎呀，大人的世界有很多內情，但你的身體、心靈應該很清楚，我說的都是「事實」。畢竟，**你現在的狀況跟當時一模一樣！**』

那一天，〈念力〉壓住他，扭曲、扯曳、折斷了身軀，甚至沒能見到亞伯拉罕的模樣，敗倒在王座之間的入口。

愛蘭茲喚醒王馬的記憶。

讓他想起當時的恐懼。

『你怕了嗎？覺得恐怖嗎？你那時什麼也做不到，是不是？要不是〈比翼〉介入，你那時早就死了。你再次對上一樣的對手，而且……這次沒人會救你。但這也難免，你一個小鬼頭，竟敢踩過界，王馬，你現在就要死在這了。』

愛蘭茲記得很清楚。

他在亞伯拉罕身旁，從頭看到尾。

那時，黑鐵王馬的心徹底屈服了。

無法防禦的無形之力凌虐著他，粉碎他累積至今的努力、自信，他的表情只剩下畏懼。

那次戰敗，以及〈超人〉亞伯拉罕，成為王馬難以抹去的陰影。

現在，愛蘭茲挖起他的創傷。
他的身體想必不住顫抖。
心靈想必正在哭喊。
他會頂著悽慘的神情求饒？還是正眼也不敢瞧，直接逃走？
愛蘭茲期待王馬的反應。
沒錯——他的期待完全錯估現狀。
愛蘭茲不知道——
王馬直至今日，究竟懷抱何種想法，為了什麼存活至今！
「——呵。」
『？』
「呵哈哈、哈哈哈哈、哈哈哈哈哈哈哈哈——————！！！！」
王馬極少暴露情緒，這時卻喜逐顏開，張開大口，放聲高笑。
那張鐵面內側，彷彿爆發一股難耐的喜悅。
愛蘭茲見狀，內心不解。
『……有什麼好笑的？』
「好笑？不不不，我是開心。我好奇真正的〈暴君〉身在何方，但現在那不過是雞毛蒜皮的小事。我該挑戰的對手、應該超越的敵人，就在我眼前！這是千載難逢的幸運，沒有什麼比現在更幸運了啊！」

「……！」

下一秒，亞伯拉罕原本淡漠如同面具的表情，這時卻蹙了蹙眉。

〈念力〉原本將王馬壓上牆面，王馬這時竟然憑自己的意志向前邁進，揮動〈龍爪〉。

「〈刃旋風〉——!!」

王馬猛揮〈龍爪〉，朝亞伯拉罕施放龍捲斬風。

攻擊距離過遠，自然打不中亞伯拉罕。

亞伯拉罕發動〈瞬間移動〉，輕鬆逃過一劫，但是——

『什麼……！』

廣播傳來愛蘭茲的哀號。

王馬原本完全落入〈念力〉的掌控，〈念力〉壓得他難以行動。王馬卻只靠體能——強行甩開〈念力〉，出手反擊。愛蘭茲驚嘆不已。

「別以為我還是當年的我。現在你眼前的男人，自從那一天起，日日夜夜只想著如何伸出『利爪』，貫穿你的心臟！」

猙獰地咧嘴。

王馬揚起了笑，宛如露出利牙。

他的神情不如愛蘭茲方才所言，不帶半分「畏懼」——

愛蘭茲見狀，實在不愉快，不悅至極。

『亞伯，教教那不知天高地厚的小子，讓他再嘗一次土的滋味。』

◆◇◆◇◆

亞伯拉罕接到愛蘭茲的指令，摘下掩蓋容貌的護目鏡。

護目鏡之下，是一對漆黑的眼球，配上黃金般的瞳孔，猶如月光。

月之瞳緊盯著王馬。撲通、撲通，他感覺心跳聲逐漸放大。

身體猶如被火燒灼，一陣麻癢。

脈搏、體溫上升。

王馬有自覺，自己不像往常，莫名地激動。

他感受著自己的反應，開心不已。

曾幾何時，王馬每每想起對〈暴君〉的恐懼，總是渾身冰冷。但他與史黛菈一戰之後，那股恐懼已經消失殆盡。

那場挫敗之後，足足一千五百天，他拋開所有雜念，一股腦向前進。

累積而來的經驗、自信化為勇氣，流遍全身，勇於面對曾經的挫折。

他現在狀態絕佳。

期待已久的敵人就在前方，現在這一刻，王馬的激昂達到最高潮——

「哈啊啊啊啊啊!!」

他邁步奔去。

不偏不倚，奔向註定得跨越的強敵。

他不動用一招半攻。

目標是頭，刀刀皆索命。

空氣阻力化為零，刀刃滑向亞伯拉罕的首級。

但是，這一刀揮空了。

〈瞬間移動〉。

亞伯拉罕擁有伐刀絕技，可以瞬間在兩個空間之間轉移自己的座標。

面對徹底無視人體極限的移動魔法，王馬怎麼也逃不過劣勢。

不過——

「〈刃旋風〉!!」

「——!」

王馬也不打算放過敵人太多次。

他以〈龍眼〉預測空氣流動，瞬息間掌握亞伯拉罕轉移的位置。

並朝該位置施放龍捲斬風。

亞伯拉罕以手甲靈裝防禦。

〈瞬間移動〉效果強大，卻格外細膩。

無法緊湊地連續使用。

發動前總會留下短暫間隔。

王馬見縫插針。

他的腳步不受空氣阻力影響，快如疾風，逼近敵人，將敵人拖進連擊之中。

「喝啊啊啊啊啊啊啊!!」

這股暴力，猶如颱風。

他自在揮動極長的大太刀，展現史黛菈都不住驚嘆的臂力，不停攻擊。

然而，王馬以連擊封鎖亞伯拉罕的〈瞬間移動〉，但他還有〈念力〉。

伸出無形之手，攻擊敵人。

亞伯拉罕只消思考片刻，就能進攻。

因此他防守的同時，仍能動用〈念力〉。

亞伯拉罕以〈預知未來〉偷看零點幾秒後的未來，以白銀手甲〈福音〉架開王馬的刀刃，同時使用〈念力〉毆打王馬。

但是——

「……!?」

「哦喔喔喔哦喔喔喔喔哦喔喔喔喔——————!!!!」

王馬完全沒有停下。

他承受硬拳，血灑四處，卻忽視所有痛楚、衝擊、隱形的恐懼，不停揮劍。

——他曾經品嘗過，那無力反抗的失敗。

王馬為了跨越那次敗北種下的陰影，對自己起誓。

那就是，**他絕不逃離敵人的全力進攻**。

他**為了取得勝利**，徹底要求自己**正視敵人的力量**。

王馬的目的，他心心念念的目標，並非時不時得來的勝利。

他想戰勝自己的恐懼。

戰勝令自己恐懼的對象。

敵手難得，他卻削弱對方的實力，反而是損失。

浪費機會。

他要堂堂正正承受一切，取得勝利，才能將自己的可能性雕磨到極限。

王馬珍惜著每一次機會。

並且從每一次戰鬥機會攝取每一分經驗，一滴不漏。

王馬日鍛月鍊得來的鋼鐵肉體，以及時時刻刻專注於目標，絕不分神的目的意識，他面對尋常攻擊，絕不退縮！

「唔……！」

下一秒，亞伯拉罕預知危險的未來。

下一次連擊，會斬斷自己的右手。

不論好壞，他必須防禦。

亞伯拉罕蠻橫地介入攻擊。

他朝王馬未來裡的刀軌，伸出〈福音〉，抓住刀刃，緊接著——

「〈人體放電〉。」

再次通電，試圖中斷王馬的連擊——

「〈火雷〉！」

他的努力徒勞無功。

王馬出拳敲向〈龍爪〉刀背，以臂力強行入刀。

〈福音〉擋不住刀勢，從肩頭一刀斬下亞伯拉罕的手臂。

「喔喔喔喔喔喔喔喔！！！」

亞伯拉罕的手臂飛往探照燈外，往遙遠彼方而去。

王馬感受到自己的勝算，高聲嘶吼。

月影隔著螢幕觀察著王馬——

「他、他究竟在做什麼!?」

他的聲音，**飽含不解與焦急**。

因為——螢幕中的王馬——

從剛才開始，一直傻愣愣地站在亞伯拉罕面前，一動也不動。

「呵呵呵……這就是亞伯的〈催眠術(Hypnotism)〉。」

「你、你說……催眠術！」

「早在亞伯摘下護目鏡的那一刻起，王馬就陷入熟睡之中，進入他最美妙的夢鄉，夢想都會成真，舒服極了。他在夢境裡想必已經達成他朝思暮想的復仇，狠狠蹂躪亞伯一番了。真是天真無邪。」

但悲哀的是，一切只是一場夢。

王馬落入催眠，而現實世界的亞伯拉罕，已經掌握他的生殺大權。

「呵呵，力量差距如此大，只能為他悲哀。不過，王馬這點程度，也想和亞伯較勁，本來就是錯誤一場。畢竟亞伯是以我世界最頂尖的〈細胞魔法〉，使〈暴君〉的DNA於現代復甦而成。他，就是〈暴君〉的複製人……！」

「──……！」

月影與晄三聞言，表情懊惱。

因為亞伯拉罕的身分確實如此。

雖說是為了與美國達成協議，但他們終究不該吞下「那條件」。兩人不禁恨起〈白鬍公〉與〈聯盟〉的決策。

他、或者說組織本身，太小瞧對方的力量。

指向性強子砲〈強子加農砲〉(Hadron cannon)，以及工業化量產伐刀者級戰力的機械士兵〈ＥＤＹ〉。

〈大教授〉卡爾・愛蘭茲。正是這名稀世天才科學家催生以上兩項兵器，將美國的軍事能力推進整整一個世紀。

這名天才甚至只靠一根毛髮，就讓〈暴君〉於現代復活。

而且他成為忠於愛蘭茲的最強戰士！

『看看這強大的力量，他曾經只憑一人之力，玩弄全世界，最強超能力者就是這麼強大！好了，亞伯拉罕，讓他見識一番吧！』

「————」

亞伯拉罕遵從愛蘭茲的命令，展開行動。

王馬依舊呆愣在原地。亞伯拉罕來到王馬面前，右手迸發〈人體發火〉的火焰，左手釋放〈人體放電〉的雷電。

並且動用〈念力〉，全身包覆一層「模擬肌肉」。

他以〈念力〉扣緊王馬的身體——

「〈狂亂風暴(Crazy storm)〉。」

寄宿烈火與電光的拳頭，一股腦往毫無防備的王馬身上招呼。

結合〈念力〉創造的「模擬肌肉」與釋放魔力，同時用於強化動作。

儘管王馬肉體如鋼，仍難以承受其威力。

燒融全身肌肉，擊碎骨骼，擠爆內臟——

「喝啊!!」

王馬的身體被擊飛，撞穿幾道水泥牆，飛往美軍基地內側。

◆◇◆◇◆

「唔…………嗯!?」

王馬驚覺自己埋在建築物倒塌後的瓦礫堆中，腦子一片混亂。

發生、什麼事了？

自己剛才明明斬斷亞伯拉罕的手臂，優勢已經導向自己。

突如其來的劇痛與衝擊，忽然間打碎了世界，自己現在已經躺在碎磚斷瓦之中。

「咳呵、呃哈！」

全身如火焚般劇痛。

骨頭破碎、龜裂，內臟受損。

不只肉體受傷，意識也是。頭暈得很嚴重。

這是觸電後的影響？

他不清楚原理，但自己確實遭到亞伯拉罕反將一軍。

王馬的思緒亂成一片，卻接受自己的現狀。

但他只承認了現實。

他還沒認輸。

「…………！」

王馬全身骨骼處處碎裂，卻以氣壓代替石膏，配合強壯的肌肉，硬是固定全身。

他鞭策疼痛的身體與意識，將自己從瓦礫堆中撐了起來。

──我還站得住。

他以往打造的體魄，就是能在這種時候再次起身。

自己不同以往，不再是當年身心受挫的自己。

但是──王馬心想，亞伯拉罕的確強得令人畏懼。

亞伯拉罕的能力是〈超能力〉──那自己剛才應該是中了催眠一類的能力。

〈瞬間移動〉、〈預知未來〉再加上〈念力〉，他的能力用途廣泛，破壞力極強，才能打得王馬遍體鱗傷。

不愧合眾國最強的伐刀者，名不虛傳。

正因為亞伯拉罕如此強大，更值得挑戰。

王馬傷痕累累，仍未退縮，鬥志勾起嘴角，他站起身，緊接著——

「……！」

推開瓦礫之後，視野的一角瞥見了**凜奈跟莎拉**。

「——」

管線裸露在外的水泥房間。

兩人在房內並排，雙雙被膠帶捆在椅子上，昏迷不醒。

她們雙眼翻白，嘴角滑落白沫，椅子下方有一灘水，可能是小便。

如此慘狀，足以讓人猜出，這地方剛才做了些什麼。

王馬見狀——

「原來如此，也就是說你的強，**也就這點程度**。」

他罵道，嗓音冷漠懾人。

語氣聽起來，掃興極了。

◆◇◆◇◆

『哎呀，亞伯，辛苦你了。』

愛蘭茲隔著擴音器，讚賞亞伯拉罕。

『他這下應該死透了。一個只懂虛張聲勢的小鬼，頂多就這點斤兩。好了，就讓基地的士兵去善後，我們來繼續拷問。想想預定的時程，我們沒太多時間磨蹭。』

愛蘭茲說著，命令亞伯拉罕回來。

然而——

『亞伯，怎麼了？』

亞伯拉罕一動也不動。

他站在原地，凝視王馬飛去的方向，低喃道：

「——風向變了。」

『什麼？』

亞伯拉罕的話很詭異。風向變了又如何？

愛蘭茲的話裡本來帶了上述意思，但是——

『這、這是!?風被吸走了……!?』

他隨後察覺亞伯拉罕大衣飄搖的方向很古怪，沙塵的流向極不自然。

並非風向改變。這附近的空氣全都聚往某一處，正是王馬被擊飛的方向。

聚集的力道漸漸轉強，形成氣旋，猶如龍捲風。
空氣被吸盡；
風逐漸凝聚；
隨著強風凝聚的速度——
「難不成……」
亞伯拉罕看見了。
自己剛才打得遍體鱗傷的那個男人，他的「魔力」無止境地提升。
於是，他**吸盡**了風，光爆炸開來。
密度極高、極大的魔力光輝，將黑夜灼為白日。
王馬向前走來——後頭拖著那光芒。
他渾身爍亮魔力光芒，踩踏瓦礫，欲與亞伯拉罕再次對峙。
亞伯拉罕見到王馬的模樣，感受周遭空氣停止流動，他很肯定——
「你吞掉……這附近的風了嗎!?」
伐刀者出生之時，魔力總量就不再變動。
因為，魔力量代表伐刀者能承擔的命運多寡。
若要生出新的魔力，唯有跨足非人領域，突破自身命運的臨界點。
但自然干涉系的伐刀者例外，他們可以汲取自身屬性的力量，轉換成「模擬魔力」。

以時間軸稍後發生的故事為例，〈雷切〉東堂刀華就吸收了九州發電設施的電力，轉換成自己的魔力。

現在的王馬也採取相同做法。

〈烈風劍帝〉黑鐵王馬是自然干涉系〈風〉之力的伐刀者。他可以「吞噬」吹襲世界的狂風，轉換為魔力，爆發性提高自身能力。

沒錯，他其實**隨時都能強化自己**。

但是——王馬不論面臨任何窘境，絕不使用這一招。

不，他甚至不曾起過念頭。

黑鐵王馬和黑鐵一輝不同，他並非「戰士」，不會只在戰鬥中求勝。王馬是「求道者」，他孤身一人，只為成為自己心目中的最強之人，挑戰難關。

他不要地位、不要名聲、不要金錢。

更對他人的讚賞不屑一顧。

他只想獨自走到一個自己可以肯定自己，屹立不搖的顛峰。

他願意花上一輩子，只為追求自我之道。

因此對他而言，只為了戰勝眼前一場戰鬥，削減對手的力量，或是利用身外之力，不過是詐術。

要王馬靠詐術取勝，形同退步。

以自身的全力承接敵手的全力，承受、並擊倒對方。

這才是王馬心目中的**戰鬥**。

某方面來說，恐怕黑鐵王馬尊敬對手的程度，無人能及。

然而，王馬這一次打破自己的禁忌。

折磨一個失去自由、無力抵抗的人類，比使詐更卑賤。

一個人能若無其事折磨他人，王馬沒興趣在他身上追求自己的憧憬。

「我改變主意了，我們就在**戰爭**裡分高下。」

王馬一看見凜奈和莎拉，這場戰鬥徹底改變意義。

這場戰鬥不再是走向理想的挑戰，而是「戰爭」，動用暴力，只為擊潰令自己不悅的人物，不擇手段。

他——不需要堅持了。

「————」

王馬高舉〈龍爪〉，流竄全身的強光，化作龐大耀眼的龍捲風，寄宿於〈龍爪〉刀身，刀長幾乎觸及空中明月。

巨大暴風之劍，狂囂肆虐著。

〈烈風劍帝〉黑鐵王馬於史黛菈一戰中使用過，是他的必殺技。

王馬吸取周遭所有的風能量，幾乎讓四周成為無風地帶。他現在的刀招，更上一層樓。

他以龐大魔力控制巨大的龍捲之刃，壓縮、折疊。

一次、又一次。

原本高聳及月的龍捲斬風，經過魔力一次次鍛造，最後的光輝輕薄、朦朧，只比刀身大上一圈。

這正是——

「〈斷月天龍爪——————真打〉。」

〈斷月天龍爪〉的完美姿態。王馬單憑自身力量難以重現，所以至今不曾施展此招。

（那柄劍是、什麼？）

〈超人〉亞伯拉罕不禁戰慄。

〈斷月天龍爪·真打〉。

乍看只是一柄纏繞薄光的刀刃，亞伯拉罕卻感覺自己快被捲過去。

這股吸力，不同於剛才狂風的吸力。

是傾斜。

世界本身，整個空間扭向那柄刀身。

那股風之力，足以捲入空間。

王馬完美控制這股龐大能量，沒有分文動搖，全數壓縮成一片薄薄的刀刃。

亞伯拉罕心生畏懼。

這柄刀揮下之後，自己會有何下場？

『亞伯！阻止他！別讓他稱心如意!!』

愛蘭茲察覺亞伯拉罕落下風，大吼道。

但用不著他提醒。

亞伯拉罕已經採取行動。

〈催眠術〉。

透過視線，從對方瞳孔入侵腦海深處，操作對方的意識。

亞伯拉罕再次動用同一招，試圖偷襲王馬。

不過——

王馬這次沒有停下。

他靠著肌肉，彷彿要反折脊椎，揮動〈斷月天龍爪・真打〉。

（這傢伙沒有看著我……！）

對方必須意識到亞伯拉罕，〈催眠術〉才能發揮效果。

不然他無法進入心智深處。

王馬現在已經對亞伯拉罕**沒半點興趣**。

誰會刻意注意路邊的石子？

「……！」

下一秒，〈預知未來〉讓亞伯拉罕看見一秒後的未來。

自己已經身首異處。

糟了。

不能繼續站在這裡。

我得逃跑。

逃向遠方，越遠越好！

亞伯拉罕心思一動，打算發動〈瞬間移動〉，移動到最遠的距離。

地點就在五公里前方。

美軍基地後方連綿的山脈，塔特拉山脈的山腰處。

亞伯拉罕想暫時拉開距離，準備往該處〈瞬間移動〉——

「〈一伐之風〉。」

下個瞬間，他的視野上下顛倒。

顛倒的視野中映照著塔特拉群山，整排山峰被一刀劈開。

視野再次旋轉，回到原本的位置後，亞伯拉罕見到自己的身體站在前方。

「——啊——」

身體最上方，頭部已經不翼而飛。

◆◇◆◇◆

〈一伐之風〉。

這是唯有〈斷月天龍爪・真打〉發動時，才能使用的伐刀絕技。

其射程約五百公尺。

這一刀，能從地面直接劈砍大氣層外的太空垃圾。此招一出，從〈龍爪〉揮過的軌道，直至軌道直線上的地平線另一頭，全都一刀兩斷。

〈瞬間移動〉頂多逃離五公里遠，根本逃不過。

王馬透過〈龍眼〉，瞬間得知亞伯拉罕的目的地。

刀劍一落，斬下他的首級。

「哼……」

王馬從嚮往已久的敵人手中，奪得大勝。

但他的表情早已沒了雀躍。

因為他用了自己以外的力量？

這是原因之一，但對王馬而言，他與亞伯拉罕的戰鬥已經失去價值，這才是主因。

這時出現了一個人，為他榮譽盡失的勝利送上掌聲。

「Bravo！王馬，你真是出乎我意料，我真佩服你。」

掌聲的源頭，是卡爾・愛蘭茲。

他不顧基地士兵制止，靠近王馬。

「哎呀，我真沒想到，你這點程度，竟然能打敗亞伯。自然干涉系的能力者，真是不容小覷啊。」

愛蘭茲咧嘴，露出大麻煙染黃的黃牙，不懷好意地稱讚。

不過，他的讚賞當然沒有字面上的正面意義。

語氣處處拉了點「長音」，像是故意刺激聽者的心神。

王馬聞言，臉上是赤裸裸的不悅。

「我說過，我要『宣戰』。」

他對愛蘭茲說道，舉起〈龍爪〉。

「卡爾・愛蘭茲，你敢傻乎乎地跑來我面前，就別想平安回美國。」

王馬知道，是卡爾・愛蘭茲在幕後指揮亞伯拉罕。

他輕易就能推測出，是這個男人出主意，才讓凜奈等人下場那麼悽慘。

王馬已經宣戰，愛蘭茲並非士兵，但他不打算輕饒。

不過，愛蘭茲聞言——

「……那是我的臺詞。」

他說出這句話。

下一秒，異狀發生。

前所未有的重壓，將王馬的身軀撞向地板。

「！？！？！？」

「王馬，你覺得什麼樣的力量，在戰爭裡最強大？火力？防禦力？還是諜報能力？NO、NO、NO，以前有人說過，**『戰爭最重數量』**。」

王馬的耳朵被壓在地面，聽見無數腳步聲。

一群〈PSYON〉隊員推開基地士兵，走上前來。他們身著頭盔、護脛、防彈背心，全副武裝。

然而——

「這、不會是……」

「正是。」

這股重壓——有一股強烈的既視感。

王馬可以肯定。

這力量就是〈念力〉。

愛蘭茲爽快承認，打了響指。

〈PSYON〉隊員以此為信號，脫去頭盔。

那是〈超人〉亞伯拉罕・卡特的臉。他們所有人，都長著同一張臉。

「哈哈哈，如你所想！美國超能力特殊部隊〈PSYON〉，成員**全都是亞伯拉罕・卡特！**」

「……！」

「〈超人〉亞伯拉罕・卡特真正的力量，並非純粹的戰鬥能力！我可以人工『量產』擁有〈暴君〉能力的〈魔人〉！壓倒性的『數量』，這就是〈超人〉亞伯拉罕・卡特，以及合眾國的實力!!」

高品質，高性能，且能大量生產。

其性能宛如體現美利堅合眾國本身。

〈超人〉亞伯拉罕・卡特之所以為合眾國最強，這就是答案。

超過三十人的亞伯拉罕同時施壓，王馬再強悍也動彈不得。

「我倒要稱讚你，區區一個學生，竟然能打倒一個亞伯，不過——也就到此為止了。」

這群亞伯拉罕同時往斜上方舉手。

白銀手甲，點燃火焰。

〈人體發火〉。
亞伯拉罕利用能力，在王馬的上空做出巨大火球。
數十名〈魔人〉創造的火球，緩緩朝著王馬墜落。
烈火星辰，彷彿太陽。
人類一旦遭吞噬，恐怕瞬間灰飛煙滅。
王馬當然掙扎著想逃走，〈念力〉牢牢捉住他，身體一動也不動。
火星即將吞食他的身體。
眼看危機到來，在那轉瞬之際——
刀鐔高聲一響，猶如清脆銀鈴，烈火星辰登時一分為二。
火星化作細碎燐光，漸漸消失殆盡。
燐光飛散，一人快步奔至王馬身旁——那是一名腳踩單齒木屐的矮小老人。
「齁齁齁，王馬，真是千鈞一髮呀。」
王馬熟知這名人物。
他自幼就認得對方的長相。

他呼喚其名。這個男人，正是日本最年長的〈魔法騎士〉，被譽為大戰〈大英雄〉黑鐵龍馬的勁敵——

「南鄉寅次郎……！」

◆◇◆◇◆

「〈鬥神〉……！他怎麼會在這……！」

新援軍驟然現身。

來人名為南鄉寅次郎。月影遭美軍綁架後，行蹤不明。南鄉奉黑鐵嚴的命令，前來尋人。

南鄉下垂的厚瞼蓋著眼，仍從眼縫環顧周遭的亞伯拉罕——

「好了——**放了他**。」

他淡淡語落，下一秒——

「「！？！？」」

壓制王馬的〈念力〉赫然消失。

異狀不只如此。

四周三十多個亞伯拉罕。

所有人同時動彈不得。

一切現象，只源自南鄉的一句話。

「這就是『聲音』的超能力者──〈鬥神〉南鄉的〈言靈〉……」

意識清晰，身體卻不聽使喚。

愛蘭茲見識到〈鬥神〉傳聞中的魔法，神情苦惱。

另一方面，南鄉以〈言靈〉束縛整群亞伯拉罕，移開目光，詢問倒地的王馬：

「齁齁，王馬，看你把自己搞得慘兮兮，還能動嗎？還是需要老頭子溫柔地拉你起來？」

「……免了。」

王馬聽見南鄉調侃，不悅地答道。方才那陣〈念力〉讓他全身骨頭碎得更嚴重，但他又以氣壓強行固定骨骼。

接著靠力氣撐起身體。

「很好，你這小子從以前到現在，唯一的優點就是夠活蹦亂跳。」

南鄉見王馬依舊氣勢逼人，欣慰地點點頭。

「老朽已經放了月影跟晄三，其他三個孩子也在另一頭等著你過去。你就帶著他們五個逃回日本──這戰場就由老朽接下了。」

他命令王馬。

說自己會負責殿後。

但南鄉畢竟是高齡九十的老騎士。

王馬沒有乖乖點頭。

「我怎麼能丟一個老人在戰場，自己逃走？」

南鄉聞言，晃了晃矮小身軀，哈哈笑道：

「齁齁齁！你還真善良。沒錯，年輕人就該尊敬老人家。不過，人上了年紀，脾氣雖然越來越幼稚，還是放不掉大人的自尊心啊。看每天心情如何，有時希望年輕人多關心，有時又希望年輕人依賴呀。」

「也太任性。」

「就是任性，而老朽今天就想讓年輕人依賴。」

南鄉再次命令王馬。

「去吧。」

他說著，輕撫自己的靈裝——杖中刀的刀柄。

「這柄〈魔笛〉寶刀未老，還不需要小伙子操心。」

話裡洋溢自信與氣魄。

而且——這並非虛張聲勢。

老人的自信，來自雄厚的「實力」，以及人人稱羨的「功績」。

「——我知道了。」

王馬不再遲疑。

他聽完偉大騎士的理由，老實點了點頭，遵從指示。

不過——

「真以為我會放過你們？嗄？怎麼可能讓你們溜走！亞伯!!」

愛蘭茲和亞伯拉罕當然不可能眼睜睜看王馬離開。

「〈鬥神〉，你在檯面上活躍這麼久，花招的原理、應對方法早就曝光了！你不可能敵得過亞伯！」

愛蘭茲很清楚。

伐刀絕技〈言靈〉，是透過「聲波」抵銷腦波。

發出和腦波相同的波動，攔截腦部指令抵達全身。

既然如此——

「他靠〈念力〉直接操縱身體，就不會受到〈言靈〉影響!!亞伯！不要管那糟老頭！不能放走月影和風祭!!」

合眾國現在最重要的事，不是殺死〈鬥神〉。

而是月影獏牙和風祭晄三。

合眾國需要把他們打造成有利自身的證人。

愛蘭茲下令，要亞伯拉罕優先抓回那兩人。

亞伯拉罕也聽令。

他們無視南鄉，直接追向王馬。不過——

「喂，你們以為自己背對著誰？」

十個亞伯拉罕才剛經過。

南鄉對他們的語氣，完全不像剛才跟王馬說話的語氣。他冷酷地說完——

「〈音切〉。」

以迅雷不及掩耳之速拔杖，又以相同速度收刀。

緊接著，〈魔笛〉的刀鐔再次響起銀鈴般的高響——

「「「嗄、啊——————！？！？」」」

下一秒，十個亞伯拉罕**在同一瞬間遭到斬殺**。

「……！」

這群亞伯拉罕經過刀斬，噴血倒地。

南鄉以眼角瞥過亞伯拉罕的死狀，說道。

他話裡的怒意，猶如灰中餘火——

「**出生短短二十年**的小雞仔，敢瞧不起人——小心老朽宰了你。」

「嘖、老不死的……！」

愛蘭茲罵道。

〈魔笛〉的**刀音，聞者，等同斬其於刀下**。

這就是〈鬥神〉南鄉的伐刀絕技，〈音切〉。

他們不可能無視這名老騎士，前去追人。

愛蘭茲不得不承認這事實。

◆◇◆◇◆

到頭來，那群亞伯拉罕還是沒追上王馬一行人。

雙方一旦拉開距離，王馬一行人施加〈道旁之岩灰〉、〈天龍甲冑〉等迷彩魔法，就很難再找出他們的蹤跡。

他們時不時遇敵，但一行人的戰力已經足以應付。

一行人靠著王馬的風魔法，高速橫越大陸，往日本直線前進。

然而——半路上卻發生狀況。

月影獏牙發高燒，昏倒了。

是因為抵抗亞伯拉罕的洗腦，太過勞累？

所有人本來這麼認為，但月影的狀況實在詭異。

月影在沉眠之中苦苦掙扎。
像是做了惡夢。
「老爺。」
「夏蘿，月影的狀況如何？」
「……他仍在夢中掙扎，不太樂觀。」
一行人穿越喜馬拉雅山脈，抵達中國境內後，寄宿一晚，幫月影找了醫生。
但是查不出病因。
月影仍未清醒。
晄三看著月影的模樣，不禁想起一件事——
月影以前曾告訴過晄三，自己曾做過一場預知夢，而這場夢讓他下定決心，走入政壇。
月影現在是不是又夢到同一個夢？那夢境使其昏迷，是不是代表夢境逐漸化為現實？
「——在這做不了像樣的處理。等天亮了，我們趕緊回日本。幫我告訴王馬一聲。」
「我明白了。」
晄三指示了夏洛特。
他們必須盡快回到日本。

晄三內心的惡兆逐漸膨脹，催促著他。

而糟糕的是──他的惡兆成真。

就在這一天，日本面臨〈大炎〉的考驗，同一時間，美國的太平洋艦隊也逼近日本。

第二章

屠盡三千世界之鴉

「啊……啊啊……」

身著西裝的女子以靜止的時空為地，立於陰雲天際。

她，正是隸屬日本分部的A級騎士，新宮寺黑乃。

這名天才騎士享有〈世界時鐘〉(World Clock)的美名，曾於KOK．A級聯盟贏得世界排行第三名。

而現在，她以絕望為伴，凝視地面的火焰，將陰雲燒得火紅。

日本的首都，東京——正置身熊熊火海中。

一瞬間，真的只有瞬間。

地面的戰況勾走黑乃的注意力，短短的一剎那。

她本來在東京灣上，對付美國的超能力者〈白鯨〉道格拉斯・阿普頓。但在那一瞬間，對手的超弩級戰艦，航母型靈裝〈企業號〉的主砲，直接貫穿東京都正中央。

避難所就位於東京的地下都市，東京都全體居民正在避難所避難。

其構造足以抵擋核彈，但是──

美國的軍事科技超越全世界整整一世紀，〈企業號〉由此誕生。在主砲八十八吋強子加農砲的重離子雷射面前，避難所形同無物。

砲擊一擊融解地面到地下都市的層層隔牆，引發大爆炸。

東京身陷火海的慘狀，代表數十萬、數百萬人死亡，黑乃的家人也在其中──

「唔、啊…………啊啊…………」

黑乃甚至忘記防備眼前的敵人，懵然地凝望慘狀，說不出半個字。

『老夫知道，這就叫做「悔不當初」，真是貼切。』

引起這場災難的人──道格拉斯・阿普頓使用擴音器，對黑乃說道：

『〈世界時鐘〉──妳不曾後悔嗎？假如妳沒有從ＫＯＫ引退，直到今天仍在第一線磨練、鑽研自身，經歷覺醒，也許能防止**現實**成真，打贏老夫。

但妳空有一身才華，卻以家人為優先，退出第一線。家人使妳遠離戰鬥。需要守護的事物，有時反而使人弱小。也就是說，對妳而言，家人不過是枷鎖。』

「啊、啊啊、啊啊啊啊啊啊啊啊啊啊啊啊啊啊啊啊啊啊啊——————！！！！」

絕望籠罩了黑乃，她淒厲慘叫。

首都防衛戰第二天。

中間經歷了什麼，究竟是如何發展至此？

時間倒轉到稍早——

◆◇◆◇◆

美國太平洋艦隊來襲，首都忽然深陷防守戰。

日本投入所有國內戰力，魔法騎士、學生騎士、自衛隊——千辛萬苦守過第一天。

威脅暫且退去，而在東京的夕陽之下。

士兵們在東京灣防衛線紮營，正在用餐。

人人受傷、疲憊，卻又帶了點興奮。

他們這個世代第一次碰上「戰爭」，這股激昂久久難以平復。

學生騎士在最前線奮戰之後，也現身於這場饗宴中。

「小妹妹，妳真快！我的眼睛都跟不上妳啊！」

「當然啦，我的稱號是〈速度中讀（Runner's high）〉，速度就是我的強項嘛！」

「小哥，你也是，力量真驚人。〈EDY〉能彈開子彈，你居然一下就打碎了。看你體格這麼壯，那點晚餐吃不飽吧？要不要吃巧克力棒？」

「感激不盡。」

從熱鬧的最前線往後看去。

都中心地區又是另一場喧鬧。

人員正在往避難所運送、分配物資。

太平洋艦隊雖然一度撤退，現在仍滯留在日本專屬經濟海域邊緣的海洋。

第二支艦隊正在跨越太平洋，朝日本而來。他們打算跟第二支艦隊會合。

預估兩支艦隊的會合時間為明天早上。

換句話說，這場戰爭不會一天就落幕。

戰況只會越發激烈。

後方為了因應這場戰爭，現在忙成一團。

黑乃不想妨礙他人工作，走在道路邊緣，一邊走向家人所在的避難所，準備去見他們。

半路上，她聽見熟悉的少年嗓音。

「好了，你們兩個別哭了，男孩子怎麼能哭呢？」

「哇啊啊啊！這個人是男生，說話卻跟我媽媽一樣！」

「好可怕啊啊啊啊！」

「唉呦，這兩個小鬼頭，真沒禮貌。」

「有栖院，你回來了？」

那名紫花髮色的少年——正是有栖院凪。他之前繳交了外出申請，回故鄉為好友掃墓。黑乃搭了話，只見有栖院露出親切的笑容，回禮道：

「哎呀，理事長，辛苦您了。」

「這兩個孩子迷路了？」

「是呀，畢竟是緊急避難，很多孩子跟丟了爸媽。人家正在動用能力，把這些孩子送回父母身邊。」

兩個孩子看起來只有五歲。有栖院拿著藍色手帕，為孩子擦乾眼淚，摸了摸他們的頭。

「人家算不上戰力，只能幫點小忙，就來幫忙後方的雜務。」

有栖院的能力是「影子」。

以影子攻擊、束縛敵手影子、在影中移動——

能力活用範圍廣，卻缺乏威力。

而且大範圍作戰時，無數「光源」會隨機點滅，光源變化甚至會解開影子的束縛，或是中斷影之道，能力會變得綁手綁腳。

所以有栖院決定在作戰之外活用自己的能力。

他可以透過影子來去自如，無論外頭多擁擠、混雜，他可以自由走動，不受干擾。

最適合運送人或物品。

「不，你的工作很重要，你趕快把那些孩子送回父母身邊。」

迷路的孩子一臉不安，黑乃看了，更想盡快見到自己的女兒。

黑乃打擾了有栖院，向他道歉兼道別，加緊腳步往前走。

接著，她終於來到避難所正上方的區域。她就是接到這間避難所聯絡。

不過這裡出現的一名人物，可由不得她不打招呼，直接離開。

「長官，您辛苦了。」

「新宮寺，剛才有勞妳了。」

〈聯盟日本分部〉分部長，黑鐵一輝和黑鐵珠雫的父親，黑鐵嚴開口慰勞了黑乃。

他代替失蹤的月影總理，負責指揮這次作戰。

「非常抱歉，我本想在今天決出勝負……但對手的體積太大……」

「不，很足夠了。多虧妳拖住〈企業號〉，我們才順利擊退敵方的第一波攻勢。」

「但是……」

黑乃的神情變得沉重。

她之所以急於取勝，是因為九州的人禍

〈大炎〉播磨天童。

那名罪犯逃出冰雪牢籠之後，讓全九州失去正常生活。

黑乃為了保衛首都，不得不放下九州的戰鬥，回到東京，但九州的狀況不快點處理，想必會死傷無數。

所以她只想盡早解決〈企業號〉，回到九州。

不過，嚴卻對黑乃說道：

「關於九州，有個好消息，妳的學生等不及妳回去，就打倒〈大炎〉了。」

「！！！」

「東堂同學吸收全九州的電力，一刀斬殺〈大炎〉。」

「東堂她……」

黑乃目瞪口呆。

畢竟黑乃最後見到刀華時，刀華敗給了〈大炎〉，心靈也屈服於他。

但她不只重新振作，竟然一舉擊敗〈大炎〉。

「我的確認為那些學生能力優秀，沒想到竟然這麼能幹……但我明白了，已經解決就好。」

「不論九州，還是首都防衛戰，年輕世代的B、C級騎士表現實在出色。這都得感謝教育者指導有方。」

「我們其實沒做什麼了不起的事，反而常常受學生幫忙。」

黑乃心想，她的學生這一次幫的忙特別大。

刀華原本很擔心黑乃捨棄九州。黑乃當下答應她馬上回去，但對手畢竟是〈白鯨〉道格拉斯．阿普頓。

這個男人在〈超人〉亞伯拉罕．卡特出現之前，被譽為美國最強。

他的實力當然強悍，但是對黑乃而言，他巨大的靈裝才是棘手之處。

黑乃的能力是「時間」。

能力本身無人能敵，卻有一個無法克服的弱點。

她沒有大規模破壞的攻擊手段。

只要敵手體積過大，就難以造成致命傷。

依照今天雙方對戰的手感，黑乃認為有可能發展成長期作戰。刀華一行人能消滅〈大炎〉，實在令黑乃感激不盡。

這樣一來──眼下只剩下東京的危機，不過──

「……寧音他們還沒回國？」

〈夜叉姬〉西京寧音到法米利昂出差，但日本開戰之時，應該已經下達回國令。

黑乃問道，但嚴眉頭的皺紋微微加深，搖了搖頭。

「〈夜叉姬〉與〈沙漠死神(Haboob)〉對戰時丟了手臂，身受重傷。她是KOK選手，細胞銀行保存了備用的體細胞，所以治療方面無大礙，就是要花點時間。她應該已經從法米利昂出發……但現在日本全區訊號受阻，難以掌握國外的狀況。現階段還不清楚他們何時回國。」

嚴又繼續解釋：

「不只日本，〈聯盟〉的主要盟國也遭受〈同盟〉進攻。開戰名義一模一樣，美國主張〈聯盟〉背棄全世界，前來究責，也藉此煽動〈同盟〉。

美國聲稱逮捕了月影總理，但就在剛才，月影總理已經回到對馬基地，有機會瓦解他們的主張。

〈同盟〉盟國是受美國煽動才派兵，只要他們撤軍，我們也能請求外界增援。不過……他們不可能眼睜睜坐視我方援軍到來。我們至少要再撐過一波美軍的攻勢。」

「我有同感。」

「現在第二支艦隊正在橫越太平洋，待雙方會合後，敵軍就會展開第二波攻勢，粗估時間是明天早上。今晚我會要求分散到九州的一部分騎士回到東京，明天將會動員全國展開總體戰。妳今晚就好好養精蓄銳。」

「……是。」

黑乃行禮之後，走過嚴的身邊。

等到九州戰力會合之後，地面戰況應該會比今天輕鬆。

不會輕易讓敵方前進。

這樣一來，她與阿普頓的勝敗，將會決定這場戰爭的走向。

黑乃搭上往避難所的電梯，一邊感受自身責任的重量。

◆◇◆◇◆

避難所內為黑乃的家人準備了房間。

所有在最前線奮戰的魔法騎士，都擁有相同特權。

畢竟在現代戰爭中，伐刀者之間的勝負會嚴重左右整體戰況。

為了讓伐刀者盡可能保持好的身心狀況，凡是派往前線的魔法騎士，國家會負責保護其家人。

「媽媽——!!」

「小鳴！」

房間大約兩坪大，稍嫌狹窄。黑乃一打開房門，便和三歲女兒，新宮寺鳴對上眼。

女兒一雙大眼隨即淚眼汪汪，奔向黑乃。

黑乃雙膝跪地，將女兒擁入胸懷。

「太好了，妳沒有受傷？」

「嗯，嗯……可是、可是、好可怕喔～…………」

「沒事，我會保護小鳴待的地方。」

「……媽媽沒有受傷嗎？」

「當然，媽媽很強啊。」

女兒大概是被人群擠過。

黑乃一邊輕梳女兒亂糟糟的頭髮，一邊觀察她的身體。

她身上的確沒有受傷。

黑乃親眼確認過，這才放下心中的大石。

「黑乃，辛苦妳了。」

房內除了女兒，還有另一個人。

一名栗色頭髮，神態溫和的男人正在房內整理行李，他出聲慰勞黑乃。

他就是黑乃的丈夫，新宮寺拓海。

「拓海，你也沒事嗎？」

「如妳所見，〈聯盟〉的人很照顧我們。」

「——我相信國家，但我還是很擔心你們，不知道你們有沒有平安避難，或是走散了……說實話，我只想待在你們身邊，保護你們。」

但她的心願終究無法實現。

實力強如黑乃，國家不可能放著她悠哉過日子。

黑乃暗示自己明天也得上陣，拓海聞言，點頭表示明白。

「我知道，沒問題，我會負起責任保護小鳴。黑乃，妳別擔心我們，要自己多小心……妳才是面臨最多危險的人。」

「好。」

「剛才發送物資的人送餐點過來了，我們一起吃晚餐。」

「吃飯！我也要吃！」

這一晚，黑乃久違地和家人團圓吃飯。

拜〈傀儡王〉的惡意所賜，發生一連串逃獄事件，黑乃已經離家好幾天。

是因為發生戰爭，她才有機會回到家人身邊，多麼諷刺。

黑乃苦笑著，從罐頭夾起醃蘿蔔，送入口中。

◆◇◆◇◆

隔天早上。

當天空從黎明的深藍，轉為早晨的湛藍之際。

昨日的威脅，再次於海平線的另一端現身。

確認威脅來襲後，一道人影自東京灣躍上天際。

一名女子手持兩把手槍，**奔馳**於天空。她正是〈世界時鐘〉新宮寺黑乃。

她以能力暫停特定空間內的時間，以停滯的空間為立足點，在空中奔跑。

目的地，就是敵軍正中央。

那裡有一艘外型怪異的戰艦，船底上下顛倒，配備航空母艦的甲板。

那就是〈白鯨〉道格拉斯·阿普頓的靈裝，航空戰艦〈企業號〉。

「道格拉斯．阿普頓！我們今天就要決出勝負！」

『哈哈哈！妳果然單兵衝來我軍陣營了！好氣魄！』

黑乃無視其他戰艦，以最高速度逼近。阿普頓捕捉到她的身影，隨即下令，無數機器人〈ＥＤＹ〉從〈企業號〉發射。

數量高達數百架。

數量之大，肉眼目測難以估算。

〈ＥＤＹ〉背部配備推進器，飛上天空，掌心的小型強子加農砲噴發熱光，打算擊落黑乃。

不過——

「〈倍速時間(Clock up)〉——十倍速！」

她加速自身時間，速度非比尋常，機器單調的砲擊根本無法命中。

黑乃輕鬆閃避砲擊——

「〈死亡時鐘(Clock on death)〉！」

子彈發發附著時間加速詛咒，擊中堵住空路的〈ＥＤＹ〉。

〈死亡時鐘〉命中〈ＥＤＹ〉，〈ＥＤＹ〉的裝甲瞬間滿布鏽跡與龜裂，從關節處四分五裂，墜入海中。

這招魔法可以將目標時間快轉數萬倍，瞬間使其「衰老」、「腐朽」，是一記必殺魔彈。

糾纏不清的〈EDY〉總計二十架，黑乃在擦身之際，瞬間將其化作廢鐵。

隨後，她將巨大航空戰艦〈企業號〉納入手槍射程，一如方才的〈EDY〉，發射〈死亡時鐘〉。

但是——〈企業號〉並非尋常機器。

卡爾・愛蘭茲以細胞魔法創造出「活體金屬」。道格拉斯・阿普頓的靈裝便使用了「活體金屬」，大幅度改造。

附有〈死亡時鐘〉的魔彈一命中〈企業號〉，〈企業號〉隨即排出中彈部分。

接著將「活體金屬」移動到空出的彈孔，防止腐朽侵蝕船艦本體。

「活體金屬」狀似水銀，一陣扭動後形成機關砲，展開反擊。

『真沒耐心，居然直攻國王！但老夫倒想讚美妳，面對〈企業號〉還如此信心十足！』

「免了，我不是來和你話家常。快點給我沉船！」

黑乃創造時間之牆，抵擋〈企業號〉的防空砲火。

她防禦之餘，開了無數次槍，但是——

每次攻擊效果不佳，只能削弱〈企業號〉的些許質量。

黑乃的時間能力，並不擅長大範圍破壞。

黑乃的攻擊範圍小，〈企業號〉以巨大為武器，兩者始終難分勝負。

「混蛋，這個大塊頭……」

『沒用沒用沒用！妳想解決老夫，一口氣穩定戰況，但靠妳那把玩具槍，恐怕要打到天荒地老啊！』

「我叫你閉嘴！」

阿普頓已經與航空戰艦**合而為**一，如果能知道阿普頓的位置，黑乃還能一發直中敵軍心臟，奪得勝利，但是——

黑乃並沒有探索類型的伐刀絕技。

阿普頓的挑釁命中問題核心，黑乃只能咬牙切齒。

阿普頓見狀，又繼續說：

『不過，妳儘管放心。我軍會依妳的期望，今天就為戰爭畫下句點！但勝利是屬於世界正義，也就是我國合眾國！』

「從昨天到今天，你們甚至傷不了我分毫，看來美國狗就只有個頭大、吠得大聲，沒什麼用處。」

『吠？哈哈哈，說得真好，那妳就仔細聽清楚！妳聽見的究竟是狗吠，還是「邪惡」死前的哀號？』

「……你說什麼!?」

他這話是什麼意思？

黑乃狐疑地想，順從阿普頓，把注意力放在聲音上。

緊接著——

「……!?」

她登時察覺。

就在她剛離開的那塊土地——

東京灣防衛線——傳來慘叫。

方向位在遙遠彼方，慘叫聲卻清晰無比，數量眾多，滿載著混亂與絕望。

◆◇◆◇◆

日本的〈魔法騎士〉與自衛隊守護著東京灣。

無數機器人〈EDY〉從航空母艦群起飛，朝著東京灣飛來。

兩棲突襲艦一如昨天，從海面朝著港口，步步逼近。

日本方派出第一波防禦陣勢，是航空自衛隊的戰鬥機，以及陸上自衛隊布置在灣岸的戰車陣線。

然而〈EDY〉於空中的機動能力無人能敵，無法輕易擊落。

兩棲突襲艦更是如此。

敵方是世界第一的軍武大國，美利堅合眾國。

船艦對於一般兵器的防禦力萬無一失，裝甲更是滑溜，直接彈開戰車砲彈，攻擊起不了效果。

陸地的戰鬥終究會開打。

這狀況與昨天無異。

於是防衛陣線派出第二波陣勢，輪到士兵登場。

「來了……！是昨天那群機器人！」

東京灣布滿一整圈拒馬。

自衛隊員從拒馬後緊盯天空與海面。

注視著直逼而來的敵意。

「冷靜，我們的工作跟昨天一樣。」

「是啊，而且今天魔法騎士會從九州前來會合。〈審判天雷〉也一起來了。」

「昨天的交鋒之後，敵方應該耗損了一部分戰力，沒問題。」

就如同這名自衛隊員所說，敵軍明明已經和第二波戰力會合，突襲艦和〈EDY〉的數量，都和昨天相去不遠。

昨天的傷亡想必影響了他們的戰力。

過不了多久，一陣地鳴轟然響起，登陸艇穿越砲網，開始登上港口。

「敵方登陸艇撞進港口了！」

「好！敵軍一進射程就開槍，有多少就射多少！」

自衛隊員將槍口伸出鐵板拒馬，瞄準從登陸艇下船的敵軍。

沒多久，敵軍現身。

然而——

「嗯？喂，下船的傢伙不是昨天的士兵啊？」

昨天登陸的只是一般士兵，裝備和自衛隊員相去不遠。但今天的士兵卻不一樣。

全軍穿著大衣，裝備輕便。

他們的武器，頂多只有手上的白銀手甲。

不過——

「那、那是什麼!?」

隊員見到敵軍，紛紛大吃一驚。

原因在於敵軍的臉。

所有士兵長得一模一樣——都是長臉的金髮男子。

「雙胞胎？不，根本不是！那些傢伙全都長得一樣!?」

「不要驚慌！打爛敵人的臉，就看不出他們長什麼樣！我們的任務只有一個，就是保護東京！是不是？」

奇妙的景象嚇得自衛隊員慌了手腳。中年士官大吼道，安撫士兵。

緊接著——

「好，全軍聽令，開火!!」

陸上自衛隊槍口對準敵軍登陸點，集中開砲。

機關槍、戰車砲的集中砲火，將港口連同防波堤徹底轟飛。

前方的士兵沒道理存活。

「……成功了嗎？」

但是敵軍**早已不在槍口前**。

「「咦？」」

「────」

那群金髮男原本才剛從登陸艇上岸，現在竟然站在陸上自衛隊的背後，也就是拒馬的**內側**。

「為、為什麼這傢伙會在拒馬後面!?」

「〈人體發火〉。」

下一秒，金髮男舉起了手，噴發火焰，隨即一陣大爆炸。

拒馬內側的每一處都發生相同狀況，轉瞬之間，防衛陣線已經處處破綻。

「突襲!?到底是怎麼搞的！」

「哇啊啊啊啊！怎麼、是發生什麼──呃啊啊！」

「混蛋！這傢伙是伐刀者！讓他們攻進後方了！」

「不要用槍！會傷到友軍！」

「嗚啊啊啊啊啊!!」

最前線陷入恐慌。

敵軍突然從背後冒出來，自衛隊員使用槍與刺刀應戰，無奈對手會使用異能。

普通隊員並非伐刀者，無從應付。

只見敵軍手中噴發爆炎、白雷，一一炸飛自衛隊員。

日本的魔法騎士見狀，急忙奔上前。

裡頭也包含配置於前線的B、C級學生騎士。

「大家……！可惡啊啊啊啊!!」

昨晚還一起吃飯的人，慘遭敵軍凌虐。

兔丸戀戀見到這慘狀，宛如離弓之箭，飛奔而去。

「〈黑鳥(Black Bird)〉——!!」

出手便是音速一擊。

攻擊瞄準敵軍的臉頰——

看似攻擊將至，然而剎那之間——

「不見了!?」

戀戀突然跟丟敵人。

她根本沒有眨眼。

「呃啊!?」

下一秒，戀戀哀號一聲，摔倒在地。

踢擊從正上方襲來，狠狠將她踢向地面。

剛才戀戀看丟的攻擊目標，現在正踩住她。

為什麼他會從上面攻擊——但戀戀沒空疑惑。

「咿唔!?」

隱形的某個東西捉住了戀戀的右腳。

而且那玩意使勁一扭，從膝蓋處拗斷戀戀的腳。

「啊啊啊啊啊啊!!」

「兔丸!!混帳東西————!!」

〈破城艦(Destroyer)〉碎城雷舉起斬馬刀，揮向戀戀身上的男人，想要拯救同學脫離險境。

「唔————!!」

但是男人直接看穿碎城的剛刃，輕鬆躲開。

他早在碎城有動作之前，就提前迴避攻擊。

碎城察覺對方的行動。

「難不成，這傢伙擁有複數能力!」

但他察覺真相，也無計可施。

碎城跟戀戀一樣，忽然間跟丟敵人。

他去哪了?碎城還來不及找，男人不知何時已經站在碎城身後，手觸及碎城的背部——

「〈人體放電〉。」

「呃啊啊啊啊啊啊啊!!」

高壓電流灌入碎城體內，一舉電昏他。

「碎城同學！兔丸同學!!唔、哈啊啊啊！」

破軍學園教師兼C級魔法騎士，折木有里追上兩人，見到男人三兩下解決了兩名學生，她手持軍刀，攻向男人。

但她的攻擊終究落空。

男人簡直像是看得到未來，不疾不徐地化解折木的攻擊。

對方的能力、長相，折木有印象。

「這傢伙果然是——**那個人！**」

她不懂，為什麼**那個**伐刀者會變成這麼多人？

不過——

「不管你有什麼能力，只要還是人類，我就有辦法**讓你吃上這招!!**」

她不需要現在思考這個問題。

無論如何，現在必須擊倒眼前的威脅。

折木深入戰場，發動自己的伐刀絕技。

「〈染血海域（Violet Pane）〉——!!」

以自身為中心，將身上無數病痛大範圍分享給敵方，強制敵人體能、狀態低落。

「嘎、啊!?」

但是，男人臉上不見一分退縮。

他的一拳，重重陷入折木的腹部。

折木被毆打的疼痛，也透過〈染血海域〉分享給敵人，但是——

「他對疼痛……無動、於衷!?」

拳頭力道貫穿心窩，折木吐血跪地，男人卻絲毫不在意，雙腳穩穩地站著，任憑鮮血從嘴角滑落。

緊接著，他打算從極近距離對折木施放火焰魔法。

從這個距離承受魔法爆炸的威力，身體會直接炸飛。

（他根本不在乎自己會不會死……！糟糕！）

折木必須活著維持〈染血海域〉的效力，不然承受攻擊就沒意義了。

她一旦遭受必死無疑的攻擊，就無法發揮疼痛共享的效力。

但折木承受方才的腹部重拳，已經站不住了。

她沒辦法閃躲。

「〈緋雷神(Vijaya)〉——!!」

鮮紅閃光伴隨雷鳴飛來，救了折木。

那是一名身裹赤雷，魁梧的中年男子。

他就是〈審判天雷〉，海江田。

海江田的長槍靈裝〈緋雷神〉，槍尖貫穿男人，非比尋常的焦耳熱瞬間使其「炭化」，男人登時化為塵埃，隨風四散。

「海江田、先生，謝謝您，救了我……！」

「妳先退下。妳應該認得**這傢伙**，他能預知未來，瞬間移動……！除非像我一樣，行動速度比他的思緒快，根本無力一戰!!」

海江田說完，隨即以閃電的真實速度，攻向周遭敵人。

兼具無人能敵的攻擊力與速度。

海江田身為日本屈指可數的A級騎士，展現合乎名號的實力，戰果可說是一騎當千。

然而——

儘管海江田勇猛果敢，無奈「男人」的數量太多。

海江田以外的魔法騎士對上那男人，根本無計可施，被壓著打。

想當然耳，防衛陣線無法正常運作，又無力迎擊敵軍——

「!!啊啊啊！不可以！」

折木仰望天空，高聲慘叫。

防空砲火已停，數以百計的〈ＥＤＹ〉滑過天空。

機器人開始群聚東京都中心正上方，而下方正是〈地下都市〉，綜合作戰中心與防空避難所的所在地。

◆◇◆◇◆

「〈EDY〉已突破灣岸防衛陣線！直奔都中心地區!!」

「〈EDY〉的強子加農砲發射重離子雷射，直接命中都中心！都市反制系統蒸發！避難所第一隔牆嚴重受損！」

「敵方的AI性能占上風！只依靠都市的防衛設備撐不了多久！再這樣下去，敵軍會闖進〈地下都市〉(這裡)！」

「前線到底在幹什麼！」

日本聯盟分部大樓經由地殼電梯，收納於〈地下都市〉內。大樓內的綜合作戰中心警報聲大響。

敵軍突破防衛線，已經來到正上方。自衛隊幕僚、〈聯盟〉職員面對現狀，狼狽不堪。

「昨天不是擋得很順利嗎……」

「那些長著同一張臉的傢伙，到底是什麼鬼東西！」

防禦陣線昨天還頑強反抗美軍進攻，如今卻被破壞殆盡。

原因眾人皆知。

那群穿大衣的男人。

綜合作戰中心總司令，〈鐵血〉黑鐵嚴認得那張臉，也知道「他」的名字。

「〈超人〉亞伯拉罕・卡特……!!」

「他、他就是那個〈超人〉!?」

「為什麼會有這麼多個『他』!是哪種能力造成的!?」

嚴回答道：

「這只是我的推測……那些人應該是複製人。天才〈大教授〉卡爾・愛蘭茲就在美國，他的確有可能創造這類科技。」

下一秒，絕不能發生的狀況化作現實。

其中一名通訊官站在控制臺前，淒厲地喊道：

「敵、敵軍已突破C15號電梯的隔牆!多架〈EDY〉入侵〈地下都市〉!!」

「「「——————!!!!」」」

敵軍攻破地面與〈地下都市〉之間的地層型裝甲。

前方到綜合作戰中心中間，只隔著一處防衛層，用來迎戰敵軍的空間。

敵軍終於逼近眼前。

綜合作戰中心面對現況，氣氛緊繃。

如此緊張氣氛中，仍然是黑鐵嚴最早下達指示。

「啟動〈地下都市〉防衛層所有防衛系統!無論如何，都要在防衛層擋下〈ED

Y〉！」

「是！」

「還有，緊急聯絡待機的後備役魔法騎士……以及D、E級的學生騎士。」

「難不成……！」

「這是出動命令，全軍前往防衛層，迎戰〈EDY〉！」

包括通訊官在內，所有隸屬自衛隊的幕僚聽見嚴的命令，瞪大雙眼。

這也難怪。

〈EDY〉裝載高級人工智慧，裝備眾多破壞力強大的武器，C級伐刀者才有能力應付。

現在卻派出D、E級的伐刀者，而且是年輕的學生騎士。

之後發生的慘劇，可想而知。

「…………！您、您確定要這麼做!?」

「我會負起所有責任。」

嚴眉頭的皺紋比以往深得多。

他一向堅持「因才分工」，這次抉擇對他而言，形同下下之策。

但他不得不下令。

因為防衛層後方，就是綜合作戰中心——以及一般民眾的避難區域。

「現在這狀況，能戰鬥的人一個也閒不得。」

◆◇◆◇◆

都中心地區的電梯通道，是來去地底的出入口。〈EDY〉從電梯通道入侵〈地下都市〉，為了更進一步深入地底，它們雙手朝地，施放強子加農砲。

橘紅色的指向性重離子雷射，輕易融解設施地板。

地面化為融鐵，當場崩塌。

〈EDY〉順著孔洞飛入底下的通道——

——隨即對上通道內的人們。

「咿！」

「真、真的來了！還靠得這麼近！」

〈EDY〉融解天花板，飛向地底。

一群穿著貪狼學園紅制服的男生見狀，倒抽一口氣。

他們是D、E級學生騎士，接到緊急徵召前來應戰。

他們都是因為實力不足，無法上前線作戰，才留在〈地下都市〉。

想當然耳，他們戰力不高，更是第一次參與像樣的實戰。

所有人手持靈裝，武器前端卻微微顫抖。

「你們不要慌！」

一名穿著日式裙褲的少女站在他們前方，大聲喝斥。

少女——綾辻絢瀨舉起緋紅日本刀，指向〈EDY〉，吶喊道：

「待在後方的，不只有我們這些有能力作戰的伐刀者！還有病人、小孩在！絕不能讓它們通過！」

「大、大姊頭，妳說得對！」

「混帳，要打就來啊——！」

「看我宰了你們，混蛋——！」

在場男生聽了絢瀨的激勵，紛紛回以野蠻的低吼。

下一秒——

『確認複數活體反應，執行〈搜尋(Search)&殲滅(Destroy)〉模式。』

〈EDY〉展開攻擊。

機器人朝絢瀨等人舉起雙手，孔洞發射熱閃。

「躲開！」

「哇啊啊啊啊！」

危急之際，眾人退向狹窄的通道兩端，閃過攻擊。

熱閃貫入通道深處，發生爆炸。

通道頓時颳起熱風。這股熱度、威力，令絢瀨毛骨悚然。

（這麼強的威力，直接命中伐刀者，不可能毫髮無傷……！）

換作一般人，例如絢瀨的父親扛下攻擊，會有什麼下場？

絢瀨想都不敢想。

她絕不會讓這種悲劇發生。

「哈啊啊啊啊啊——————!!」

絢瀨朝〈ＥＤＹ〉奔去，想在第二發砲擊蓄力結束前決出勝負。

〈ＥＤＹ〉當然使用其他武器迎戰。

它們的手臂伸出內藏的超震動刀。

接著舉刀砍向絢瀨，不過——

綾辻一刀流擅長化解攻擊。絢瀨身為綾辻一刀流門生，區區機器人的刀路，輕易就能看穿。

她一個滑溜，奔進〈ＥＤＹ〉胸懷之間，一刀斬向〈ＥＤＹ〉的軀體。

然而——

「——好痛！」

她本想砍傷裝甲，以〈緋爪〉的能力撕裂傷口。但是〈ＥＤＹ〉的裝甲吃下絢瀨的全力一刀，甚至不見分毫擦傷。

堅硬的觸感彈回絢瀨的手掌，擠壓骨骼。

〈ＥＤＹ〉此時回砍一刀，絢瀨暫時逃向攻擊範圍外。

「怎、怎麼會這麼硬……！」

「絢瀨，妳太緊繃，刀路亂了套。」

「!!」

有人忽然搭話，絢瀨猛地轉過頭。

只見一名中年人走在通道內，逐漸靠近。「他」不該出現在這裡。

他正是絢瀨的父親，享有〈最後武士〉(Last Samurai)之名的劍客，綾辻海斗。

「爸爸……!?你怎麼會在這！」

「劍客拿劍出現在戰場上，只會有一個理由。」

絢瀨聞言，這才察覺。

父親手中提著一柄日本刀。

「爸爸，你太亂來了！」

「是、是啊，老師！你又不是伐刀者！」

「而且你才剛出院啊!?你趕快逃──」

他們不該被海斗拉走注意力。

機器人不會錯過眾人的破綻。

它們一手超震動刀，另一手啟動機關槍。

槍口對準貪狼的少年。

「咦?」

「糟、呃！」

不過，槍口沒能開火。

「綾辻一刀流，〈綾霞〉。」

海斗瞬間逼近十公尺，刀刃沒有一分聲響，直接斬斷〈ＥＤＹ〉較柔軟的關節部位，將五架機器人大卸八塊。

他的刀路流暢無礙，剎那間破壞〈ＥＤＹ〉之後，說道：

「我又老又病，身手也還沒鈍到需要你們擔心。」

「爸爸……！」

海斗的神色，簡直比道場內的他年輕了十歲。

「別發呆！下一波要來了！」

「啊、是！」

綾辻一家會合，再次對上〈ＥＤＹ〉。方才頂上的空洞又跳下三架〈ＥＤＹ〉。

貪狼的少年們先冷靜下來，也靠著多數力量與毅力，竭盡心力對付〈ＥＤＹ〉。

好歹他們天天接受〈劍士殺手（Sword Eater）〉倉敷藏人的抗打訓練。

不過，他們頂多讓戰況持平。

敵人數量終究會增加，屆時只會慢慢落入下風。

（在場的戰力撐不了多久……）

假如那個男人在場的話——

海斗忍不住想念起那個男人。「他」去了九州，至今尚未歸來。

◆◇◆◇◆

「地面發生什麼事了!?」

黑乃見到都中心冒出的火勢，神色驚慌失措。

〈企業號〉內的阿普頓回答了她的疑問。

「前來與老夫部隊會合的美軍第二波增援——就是〈PSYON〉。」

「!!」

『妳應該知道，由美國最強超能力者，〈超人〉亞伯拉罕・卡特率領，美國最自傲的超能力特殊部隊。不過直到這次作戰之前，〈PSYON〉有件驚人的真相，甚至從未告知老夫。

〈PSYON〉旗下的所有隊員，全是Dr.愛蘭茲創造的，亞伯拉罕・卡特的複製人！』

「什、什麼!?」

『哈哈哈！怕了是吧？他們透過〈心電感應(Telepathy)〉統一意志，群體行動，常人無從模仿。再加上單一隊員的戰鬥力只比老夫弱上一點，普通A級騎士不可能敵得過。〈超人〉，或者說〈PSYON〉，簡直就是世界最強的軍隊！』

而且——阿普頓先打了個逗點，像在吊人胃口——

——接著說道：

『總共超過兩百名〈超人〉，參與了這次進攻。』

「〜〜〜〜！」

對黑乃、對日本而言，這個事實都令人絕望。

『面對正義，面對如此壓倒性的戰力，邪惡只能化為灰燼!!』

「混蛋——!!」

那舉動，幾乎是出自下意識。

黑乃面對絕境，焦躁迫使她做了絕對不能做的錯誤判斷。

她竟然下意識想拋下〈企業號〉，趕回東京。

『老夫知道，這就叫做「疏忽一時，悔恨一生」。』

「嗯!?唔、嗚!!」

瞬息之間。

阿普頓周遭的〈ＥＤＹ〉，沒有漏看黑乃偏離注意力的一瞬間。

〈ＥＤＹ〉射出自己的手臂。

連接手臂與本體的鋼繩，纏住黑乃的雙手，奪走她的行動。

「放開我！啊——」

黑乃這下無法使槍，緊接著——設於〈企業號〉船底的兩門主砲，強子加農砲開始蓄能。

砲身筆直瞄準東京都中心。

黑乃登時不寒而慄。

「喂、住手！道格拉斯．阿普頓！你想做什麼!?」

『愚蠢！〈世界時鐘〉，妳的問題愚蠢至極！討伐邪惡，其為正義之舉！』

「快停手！〈地下都市〉裡有一般民眾的避難區域啊！」

黑乃拚命想甩開鋼繩，一邊吶喊。

但是──

『……哀傷，這結果實在令人哀傷。但人民的死傷，不足以讓我國繼續縱容邪惡！〈聯盟〉躲在〈解放軍〉背後，暗地以暴力威脅世界，就是邪惡的化身。只要能根絕邪惡，人民為正義犧牲，也是無比光榮！』

阿普頓充耳不聞。

他毫不懷疑自己的正義、祖國的正義。

既不遲疑，也不猶豫──

『〈貫徹正義(Justice fier)〉────!!』

主砲發射。

八十八吋砲門迸發橘紅閃光──

「哇啊啊啊啊啊啊啊啊啊啊────────────!!!!」

東京，名副其實地**灰飛煙滅**。
土地上數百萬的生命，也一同逝去。

◆◇◆◇◆

發生了什麼事？
道格拉斯·阿普頓一頭霧水。
發生了，什麼事？
疑問一再重複，謎團一來再來，但是他不知道答案。
他什麼都看不見。
看不清任何事物。
他只知道──

「呼、哈……啊、啊啊……」

黑乃突然出現在發射路線上，直接破壞兩門主砲。
劣化魔彈射入發射前一刻的主砲，主砲瞬間毀損。
砲內能量失控，引爆。

嚴重損傷〈企業號〉的船底、船艦部分。
只列舉已發生的狀況，就如以上描述。

然而——

黑乃本來被〈ＥＤＹ〉捉住，卻徹底甩開束縛，闖入發射路線，破壞主砲。
按照她原本的處境、位置，阿普頓可以斬釘截鐵地說，這一連串的動作絕對不可能順利。
真要將不可能化為可能——
『……妳在這危急之際，跨入〈覺醒〉的境界了嗎？』
〈世界時鐘〉是操縱時間的能力者。
阿普頓也深知這一點。
一般的時間術士不可能違抗時間的洪流。但倘若能力經歷〈覺醒〉，獲得超越命運的特質，也許能顛覆命運。
不對。
只有〈覺醒〉，才能解釋現在的狀況。
新宮寺黑乃讓時間回溯了。
她扭曲了被〈ＥＤＹ〉趁虛而入的過去，阻止砲擊。

這力量多麼令人生畏……

阿普頓心生畏懼，但是──

『哈哈哈！好，這就對了！不然就無聊極了！老夫同為〈魔人〉，就讓我全力對付妳！』

他也是〈魔人〉。

本來就不打算屈就命運。

既然敵人扭曲過去，將命運塑造成對自己有利的形狀，自己也靠著自身的強大，扭轉乾坤。

阿普頓展現了氣魄，以「活體金屬」修復炸毀的船底。

隨後再次與黑乃對峙。

不過──

「嘔、呵…………！」

『嗯……!?』

下一秒，黑乃停駐於天空，咳出泥水般的鮮血。

阿普頓見到她的異狀，這才察覺。

黑乃身穿深藍西裝，又是黑髮，所以很難發現──

她，全身沾滿鮮血。

溼漉漉的皮鞋，甚至滴出血來。

『〈世界時鐘〉，妳這身血……是怎麼回事!?』

黑乃沒有回答。

不，是她無力回答。

她氣喘吁吁，雙肩痛苦地上下起伏。

——阿普頓從昨天開始，從未傷到黑乃。

〈企業號〉之於黑乃太過龐大，同理，黑乃之於〈企業號〉也太過微小。

所以，她身上的傷不是出自阿普頓之手。

既然如此——是時間倒流造成的反彈？

要推進時間倒還好說，本來時間之流不可違抗，根本不可能回溯。

人的身體撐不住這麼胡來的舉動。

黑乃是因此受傷？

阿普頓的腦袋頃刻間竄過這可能性，不過——

（不、不對……！）

他將監視鏡頭拉近，得出確切的答案。

黑乃的傷痕處處噴血；

臉上留有毆打痕跡；

西裝緊黏著炭化的肌肉，顯然是燒傷；

銳利的撕裂傷，深而見骨。

這些傷口——怎麼看都是**經過戰鬥而受傷**。

『難、難不成妳這傢伙——!!』

阿普頓觀察完黑乃的傷勢，當下得出一個可怕的可能性。

而且——

『提督！大事不妙！』

下一秒傳來的前線報告——證實他的預感。

◆◇◆◇◆

「呃啊啊啊！」

「海江田先生！」

〈審判天雷〉海江田確實驍勇善戰。

但是，亞伯拉罕是誕生自〈暴君〉細胞，專屬美國的活體武器，兼具數量與高性能。

他單槍匹馬，實在難以應付。

一開始海江田還能以天生的破壞力和速度占盡優勢，但亞伯拉罕靠著數量，漸漸後來居上，海江田終究落入亞伯拉罕的隱形之手，〈念力〉捉住了海江田。

他一旦被抓，就毫無後路。

亞伯拉罕以〈念力〉扭斷海江田的四肢，打飛了他。

海江田在地面滾了幾圈，撞上拒馬的殘骸，一動也不動。

「——」

十個亞伯拉罕打倒海江田之後，目標轉移到現場剩下的唯一一名伐刀者，折木。

（不、不行了……我實在擋不住。）

亞伯拉罕肆虐過的地方不只這裡。

不，多虧海江田奮戰，這一帶的受損還算少。

周遭的陸上自衛隊、魔法騎士狀況慘不忍睹。

整排戰車冒火燃燒，周遭拒馬全都被炸飛，倒下的人遠比站著的人還多。

前線與敵人交戰不到十分鐘，已經陷入潰敗。

（這根本犯規……）

一切的禍首，就是眼前的怪異軍隊。

〈PSYON〉——亞伯拉罕・卡特。

折木面對四周的慘狀，下定決心。

（事已至此，我只能動用那一招了。）

〈死亡宣告〉折木有里的殺手鐧。

Jolly Roger

不只疼痛。

這一招將會與效果範圍內的對象，共享折木的**疾病**。

藉此過度刺激範圍內人類的免疫系統，人類會從體內開始自我毀滅。

伐刀絕技──〈染血風暴（Cytokine storm）〉。

這招伐刀絕技極為強大，最大的缺點，就是發動時必須放棄控制，輸送最上限的魔力，所以無法選擇目標。

效果範圍內不分敵我，全都會受到影響。

也包括倒在折木身旁的學生。

不對，他們已經身受重傷，受到的負面影響可能比亞伯拉罕更嚴重。

甚至……有可能因此而死。

但是折木已經沒有其他招數，身為魔法騎士，她不可能眼睜睜放亞伯拉罕通過，已經別無選擇。

「大家，對不起……」

折木向戀戀等人道了歉，啟動自己的伐刀絕技──

正當她要發動的那一刻──

「「「————!!」」」

數以千計的槍聲，同時重疊。剎那過去，十名亞伯拉罕的身體被打成蜂窩，直接彈飛。

「咦……！」

折木認得剛才的招數。

停止時間，開槍。解除時間靜止之後，數十、數百發子彈同時貫穿目標。

〈鐘畫（Clock draw）〉。

在日本，只有一名魔法騎士能動用這一招——

折木望向身後，新宮寺黑乃果真在眼前。

「理事長！您怎麼會在這！」

「之後再解釋！妳帶著學生退下!!」

黑乃吶喊道，神色氣勢逼人，快步奔過折木身旁，衝向她射倒的那群亞伯拉罕。

折木目光追著黑乃，回到亞伯拉罕身上，只見他們以〈念力〉操縱自己處處孔洞的身體，正要展開反擊。

黑乃近距離開槍，轟飛其中一個人的頭。

但是——

「危——」

敵方人多勢眾。

其他待在周遭的亞伯拉罕隨即讓雙手靈裝附上〈人體發火〉或〈人體放電〉，攻向黑乃。他們一擁而上，但是——

「「「喝啊啊啊啊啊!!」」」

「～～～～！？！？」

緊接著下一秒，折木陷入前所未有的慌亂。

就在她以為亞伯拉罕的反擊瞄準了黑乃，瞬息之間，**又出現和亞伯拉罕相同數量的黑乃**，一腳踢開他們，打斷反擊。

這現象不只發生在折木身邊。

遠處接連傳來驚呼。

折木看了過去，潰敗的戰線每一處，都看得到黑乃對付亞伯拉罕。

「到、到底發生什麼事!?」

——折木並不孤單，不只有她一個人一頭霧水。

綜合作戰中心監視著前線戰況，同樣百思不解。

「交、交戰區域附近發生異狀!!出現多數、不，是大量的〈世界時鐘〉新宮寺黑乃！她與〈PSYON〉展開戰鬥！」

「這到底是怎麼了！為、為什麼黑乃女士會變得這麼多……！」

「難不成，我國也發展了複製人技術!?」

眾幕僚懷疑這現象，是出自和亞伯拉罕相同的技術。

但他們誤會了。

「……不。」

綜合作戰中心內，只有嚴察覺黑乃現在做了什麼。

「新宮寺……太胡來了。」

他也知道，**對方的魯莽超越極限**。

「分部長，請告訴我們，這狀況究竟是怎麼一回事……？」

「新宮寺……她的能力是『操控時間』。

由此推測現狀，只會得出一個答案。新宮寺她現在——

在同一個時間點上不斷回溯時間，干涉數十次、數百次過去。」

◆◇◆◇◆

『這不只是回溯時間……〈世界時鐘〉，妳現在多次干涉同一個時間，累積干涉後的結果！這就是妳超越命運之後，得到的力量嗎……』

美軍司令官阿普頓接到前線戰報，和嚴一樣，推測出黑乃招數背後的前因後果。

而他的推測是正確的。

「伐刀絕技——〈三千世界〉……!」

新宮寺黑乃歷經〈覺醒〉，得到新的能力。

她累積修練，來到自身可能性的盡頭。

盡頭存在著一扇「門」，而她從「門」後帶回這份力量。

沒錯，那扇「門」始終存在於她身旁——就在她的身後。

那一天，她被迫抉擇，是要超越命運，還是遵循命運？而她選擇成為一個母親之後，「門」也從未消失。

但她一直逃避那扇「門」。

她假裝視而不見。

因為她很害怕，自己接觸了那扇門，成為非人之後，可能會失去生而為人的命運，失去手中擁有的幸福。

沒錯，直到**昨天**為止。

◆◇◆◇◆

『那個啊，老師說小鳴的媽媽會保護我們，所以不用害怕。媽媽這麼強嗎？』

她大概是聽幼兒園的老師說的。

黑乃懷了鳴之後，同時也從ＫＯＫ引退，鳴從未見過賽季中的黑乃。

丈夫拓海聽見女兒這麼問，故意用自豪的語氣回答：

『媽媽以前是世界第三強的伐刀者喔。假如媽媽沒有引退，現在一定可以拿世界第一。』

『好厲害喔！』

鳴圓滾滾的大眼又瞪大了一圈，很是吃驚。

不過，她又歪了歪頭，冒出問號。

『可是為什麼媽媽不比賽了呢？』

『因為……小鳴那時候已經出生了呢。小鳴在媽媽肚子裡，媽媽就不能做太危險的事，所以就引退了。』

說實話，黑乃不太愛提這件事。

只要提起這件事，她總會想起——

那個雨天。

她面對從青春時光競爭到大的勁敵，只能低頭道歉。

她會想起西京寧音當時的表情。

所以——

『不提這個，小鳴，今天——』

黑乃想轉移話題。

然而——

『小鳴已經長大，是成熟的淑女了！那媽媽又可以回去享受青春了嘛！』

小鳴的嗓門蓋過黑乃，說道。

黑乃聞言，困擾地笑道：

『這可不行。小鳴還小，而且我引退太久了，已經沒辦法像以前一樣……』

『但妳引退之後，還是一樣天天維持訓練，對不對？』

『拓海……』

『而且我也聽說，妳今天一個人就擋住美國的道格拉斯・阿普頓提督。妳的實力這麼強悍，現在回去，也足夠跟選手較勁了。』

『小鳴也想看媽媽厲害的樣子！』

『……別說了。』

黑乃有些強硬地對兩人說。

從他們的角度看，黑乃現在的確有能力回去KOK比賽。黑乃能與代表美國的伐刀者道格拉斯・阿普頓相抗衡，就證明了黑乃的實力。

但是——

『我只想像今天一樣，為了保護你們而戰。你們是我心愛的家人，我願意為你們賭命。但是……A級聯盟就不一樣了。我已經沒辦法只為自己的名譽賭命，我的性命不屬於我一個人。但是我這種半吊子的想法……在那個世界不管用。』

黑乃深知。

活在「那個領域」的人，有多麼渴望勝利。

他們從不愛惜生命，只為了贏得一場勝負。

黑乃曾經也是如此。

但現在的她不同了。

七星劍武祭決賽上，她和寧音拚盡全力，彼此較勁，但現在的黑乃已經沒有那份熱情。所以——

『我現在不該隨便踏足那個世界一步。』

黑乃對兩人說。

拓海也許從黑乃的語氣感覺到，她很抗拒這個話題。

他對黑乃道歉：『對不起，我多嘴了……』

『我的實力止步E級，而像黑乃、寧音，妳們曾經在真正的頂點對戰過，所以我不太懂妳們的心思。黑乃如果已經不再留戀那個世界，覺得和我們再一起更幸福，我覺得也夠了。』

『對……當然了，沒有什麼比和你們相處的時間更幸……』

幸福。

黑乃想說完。

話語卻卡在喉頭，無法順利說出口。

拓海這時又繼續說。

他彷彿——已經看透黑乃現在的想法。

『可是黑乃……我希望妳明白，家人（我們）不是枷鎖，不會束縛妳。』

『！』

『小鳴今天在見到妳之前，一次都沒哭過。她體貼幼兒園老師跟我，知道避難很辛苦，一直忍耐。對不對？』

『當然！小鳴已經不是小孩子了！淑女不能在別人面前哭！』

『我們的小寶貝已經這麼大了……這孩子也用自己的方法，在戰爭裡奮戰。她這麼堅強，不是只需要人保護的重擔。家人是伙伴，我們會陪妳一起戰鬥。唉，雖說是要一起戰鬥，我們可能只能幫妳加油就是了。』

『可是人家會幫媽媽加很多油喔！』

拓海稱讚著鳴，摸了摸她的頭。

他摸著女兒的頭，又問了黑乃：

『黑乃，妳說妳沒有決心，不能踏進那個世界。的確是，妳如果願意為榮譽而死，我們也會很傷腦筋。但是，家人的聲援，難道不能代替妳誓死的決心？』

◆◇◆◇◆

「我真傻，在丈夫開口之前，我居然一直沒發現……」

黑乃咳出肺裡的瘀血，悄聲呢喃。

——自己的確失去那份誓死如歸的熱情。

她不能說是徹底沒了念頭，但她不再抱著寧死也要贏的狠勁。

所以她之前沒有打開那扇「門」。黑乃不覺得自己現在的自我，足夠讓自己踏進「門」內，也能維持**自身**。

從那一刻到現在。

黑乃始終認為——

現在的自己，比曾經的自己弱太多了。

而她不願意讓寧音見到變弱的自己，所以逃走了。

可是——

原來，她並不只有失去。

她也得到新的力量。

家人。

她對家人的愛，以及自尊心，想成為家人自豪的自己。

更重要的是——自己得到了支持自己的「聲援」。

家人的聲援推動黑乃，她就能湧出無限的力量。

她完全不認為這份聲援，遜於自己以往的熱情。

既然如此——

「**現在這一刻就是我**，**〈世界時鐘〉新宮寺黑乃的全盛期**。〈白鯨〉道格拉斯・阿普頓！你還認為家人是我的枷鎖嗎……？」

黑乃抬起沾滿鮮血的臉龐，堅定地微笑。

她親手**抹去**的未來裡，阿普頓曾對她如是說，現在她把這句話還給了阿普頓。

阿普頓見狀——

「**Bravo！**」

他帶著鼓掌與讚美，現身在〈企業號〉的甲板。

「老夫痛恨邪惡，但老夫知道，世上仍存在令人尊敬的敵手。在同一時間線上連續干涉，只用『能力』兩個字帶過這壯舉，倒還簡單，但妳的舉動沒有字面上這麼輕鬆。因為，連續干涉造成的事實，證明妳在過去**連續對付兩百名〈超人〉**，**而且全都戰勝**，**回到這裡**。能力出色，意志堅定，老夫不得不為妳脫帽致敬，〈世界時鐘〉。」

阿普頓從艦橋轉移到甲板上，毫不吝嗇自己的讚賞。

他之前一直藏身於〈企業號〉內，現在卻現出真身。

而他這個舉動，有相應的原因。

「不過，壯舉的代價太大了。依妳的狀態，可沒辦法繼續戰鬥。老夫已經現出真身，妳卻舉不起槍。」

「……」

沒錯，阿普頓見到黑乃現在的模樣，已經斷定。

她已經沒有力氣打倒〈企業號〉。

阿普頓的判斷完全正確。

黑乃光是不讓靈裝脫手，就已經耗盡力氣。

阿普頓就在眼前，她卻無力舉槍。

換言之，黑乃之前的奮戰，頂多是稍微拖延前線潰敗的時間。

「妳拚盡全力，頂多爭取到十分鐘。十分鐘後，老夫的〈企業號〉就能再次形成主砲，朝東京都中心發射第二次砲擊，而妳沒有餘力阻止。這一擊就會決定這場戰爭的勝負。」

阿普頓說完，以「飄浮」能力操控「活體金屬」。

他先分解黑乃破壞後的主砲，打算重組。

但是——

黑乃的表情，彷彿不把阿普頓放在眼裡。

「十分鐘，這點時間也夠了……」

「什麼？」

「你沒發現……嗎？也是……畢竟我以往一直注意那個討人厭的傢伙，我已經感覺到了，那傢伙……正在靠近。」

「妳在胡說什——嗯!?」

靠近。

阿普頓遲了一些，才驚覺那句話的意思。

〈企業號〉的防空雷達——

已經捕捉到異狀，有東西正從上方急速落下，逼近船艦。

大小約直徑二十至三十公尺。

那不是人造物，是岩石，彗星——

「阿普頓，小心點，那傢伙**可是強得令人生厭**。」

下一秒，阿普頓看見了。

火紅燃燒著的彗星，貫穿灰色天空，朝〈企業號〉落下——

「王八蛋——！！！！誰說你可以動別人的馬子啊啊啊啊——！！！！」

一個和服打扮的嬌小女子，〈夜叉姬〉西京寧音正威風地站在彗星上。

◆◇◆◇◆

色澤如鉛的陰雲低垂。

炙熱紅星破開陰雲，展露模樣。

這是〈夜叉姬〉西京寧音的〈霸道天星〉，操控重力，從大氣層外拖來太空垃圾或行星碎片，砸向敵人。

無與倫比的質量攻擊，筆直落向〈企業號〉。

「唔！這是打算直接命中老夫！防空射擊!!」

阿普頓立即採取對策。

他操控〈企業號〉的活體金屬，在航空母艦原本是甲板的位置變形成一艘防空艦，上頭搭載大量防空砲與飛彈。

砲彈與飛彈形成火力網，籠罩那顆直徑三十公尺的隕石。

攻擊精準射中隕石，漸漸磨耗隕石體積。

但是，仍不足以擊碎隕石——

「〈天行者(Sky-Dweller)〉——!!」

阿普頓判斷火力網破壞不及，嘗試以「飄浮」對抗。

他的能力強大，能夠自由操縱總體積十二萬噸的〈企業號〉，但是——

「嗯～～～～……！」

他必須把飄浮的浮力分給〈企業號〉，成了敗筆。

阿普頓努力的結果，只能讓隕石速度放慢些許——

從結論來看，這發天外飛來的偷襲，決定了戰爭的趨勢。

〈霸道天星〉直接命中〈企業號〉。

撞擊力道之大，彷彿萬雷落入一地，爆炸引發強風與巨響，震撼海洋。

極大質量的撞擊下，〈企業號〉失去一半的龐大軀體，應聲爆炸。

接著船身冒火，開始墜向海洋。

另一方面，〈霸道天星〉命中之前，寧音早已跳下隕石——

「小黑！」

黑乃目睹〈霸道天星〉擊中目標後，彷彿斷了線的人偶，墜往海中。寧音大喊著，飛到黑乃身下。

她以重力飄浮，接住黑乃。

下一秒，寧音的臉色轉為鐵青。

「妳、妳這身傷是怎麼回事……！那傢伙怎麼有辦法把妳搞得一團糟啊！喂！」

西裝溼漉漉的觸感，顯然吸飽了血。

寧音只是輕碰，鮮血便從手指間滲出、滴下。

而且那血……冷得令人心頭一涼，甚至感覺不到生命的溫度。

她究竟受了多重的傷，流了多少血，才會落得這副慘狀？

黑乃現在還活著，簡直是奇蹟。

寧音見狀，表情悲慟不已。

但是——

「別擺出那張臉，我**已經不想再看到**妳那副表情了。」

「！」

黑乃說著，移動勉強握住靈裝的手。淚水沿著寧音臉龐滑下，沾滿鮮血的手輕輕為她擦去眼淚。

接著，黑乃說：

「……別、擔心，我會回去的。我這次……一定會回去……為那年夏天……做個了斷。」

她的神情堅毅，難以想像她現在有多麼傷痕累累。

而那番話，是寧音朝思暮想的一句話。

「小黑……！」

「不過……我這次實在是、累了…………讓我、休息一下……之後就、交給妳了……」

黑乃留下這段話，終於昏倒了。

她的狀況非常危險。

但是，寧音不再落淚了。

她會回來。

黑乃說得很肯定。

而且表情充滿自信。寧音討厭黑乃那副表情，恨極了，又愛又恨。

所以，黑乃絕對會回來，她不會死。

她這人就是這麼囂張。

寧音比誰都懂黑乃，所以——

「好，包在我身上。小黑最仰仗的那些學生也在，妾身跟其他人會幫妳搞定這場戰爭！」

◆◇◆◇◆

空中發生大爆炸。

〈企業號〉成了一團火球。侵略東京灣的太平洋艦隊將士見狀，當場驚愕。

「阿普頓提督居然——!!」

「怎麼了!?到底發生什麼事？快報告！」

「是、是隕石！隕石直接命中〈企業號〉！」

「蠢貨！怎麼可能這麼剛好掉顆隕石下來！那是〈夜叉姬〉的〈霸道天星〉！她從法米利昂回到日本了！」

「〈企業號〉半毀！高度降低！即將墜落！」

「快掩護提督！飛彈攻擊，預備！」

將士陷入慌亂。

但他們是美軍，精實水準是世界數一數二。

眾人化混亂為動力，馬上回到崗位，達成職責。

目的不用多說，就是前去救援總司令道格拉斯・阿普頓。

然而——

「「「～～～～～～～～～～！？！？」」」

軍艦群正在移動，準備瞄準上空的黑乃和寧音，這時軍艦突然停滯。

一名士兵摸不著頭緒，望向船艦外，登時目瞪口呆。

外頭遼闊的海洋，已經結成一片潔白冰霜。

「海、海水結凍了——!?」

「這、這難道是〈凍土平原〉……！」

「你是說，傳說中龍馬・黑鐵在中途島使用過的那一招!?」

將士聯想到上個世代的傳說，太平洋艦隊在大戰當時遭遇最糟糕的事件。

一名伐刀者單槍匹馬，連同艦隊直接冰凍整個海域，導致艦隊被迫撤退。

當然，這是半世紀以前的故事。

黑鐵龍馬已經過世，不可能再次現身。

不過某方面來說，將士們的推測是正確的。

因為眼前的戰況，出自一名少女之手。少女曾接受黑鐵龍馬親自指導，繼承了他的冰系魔法——

這片冰原，正是來自〈深海魔女（Lorelei）〉黑鐵珠雫的魔法。

沒錯，她回到日本了。

並且有〈夜叉姬〉、兄長同行。

「我拖住敵軍的腳步了！」

珠雫對兄長，〈落第騎士（Worst One）〉黑鐵一輝說道。她身形小巧，彷彿童話故事裡的妖精，飄浮在兄長身旁，跟隨兄長奔馳於冰凍海原。

前不久的法米利昂戰役中，一輝喪失近半的肉體。珠雫以自己的體細胞填補一輝失去的部分，才變成小巧可愛的模樣。

兩人合體是為了治療一輝，只是暫時應急。

而在這個時刻——可說是好處多多。

「首先是那艘船，珠雫，我們上！現在的我們，可以施展**那一位的劍術**！」

「是！哥哥！」

沒錯，現在的一輝和珠雫共用一具身體。

換句話說，他們可用〈落第騎士〉的體能，操控〈深海魔女〉的水魔法。

兩人合一，才有辦法使用**黑鐵家的家傳劍招**。

瞬間冰凍敵人，迫使敵人失去緩衝能力，奪走防禦力。接著施以迅雷不及掩耳的劍招，衝撞結冰的敵人，使其粉身碎骨。那就是稀世冰魔法師兼〈旭日一刀流〉傳人，〈大英雄〉黑鐵龍馬的劍術——！

「「〈劍鯨〉————!!」」

一輝平舉長刀，拉弓似地收緊力道。

接著，順勢逼近敵軍。

距離縮減再縮減，全力突刺船首。

刀尖些微觸及船身之際，便瞬間冰凍整艘船，後續衝撞的力道隨即傳遍船體。船艦原本能靠適度「搖晃」緩解衝擊，現在船身失去緩衝功能，便從螺絲、焊接處等脆弱的連接處，漸漸解體。

一輝的一招突刺，直接讓整艘驅逐艦成為廢鐵，瓦解、四散。

「哇啊啊啊啊！！！」

「刀、刀子一撞，船就碎了……!?」

「哪有這種蠢事啊啊啊！」

冰海漸漸吞沒解體的船隻。

將士急忙跳船，試圖逃離沉船。

一輝和珠雫可以繼續追擊跳船的士兵，但他們沒有這麼做。

這些士兵失去船艦後，成不了威脅。

況且周遭還有成堆的敵艦需要對付。

「珠雫，接著是右邊那艘船！」

「明白！」

巨大航空母艦闖進灣內，驅逐艦負責掩護航母。兩人盯上了驅逐艦。

不過這次的敵人展開反擊。

騎士奔跑在冰海上，逐漸接近。船上的機關槍、砲塔連發，發射飛彈迎擊。

然而——

「〈水色輪迴〉……！」

無從制止。

一輝的身體化作雲霧，所有物理攻擊直接穿透。

於是，一輝順利來到船身附近——

「〈凍斷〉!!」

這次從突刺換成劈砍。

原理相同。

船身受到斬擊的瞬間冰凍凝結，從船首到船尾，登時一分為二，沉入海中。

珠雫威力十足的魔法，配上一輝精湛的劍術。

現在的〈落第騎士〉結合二者，成為攻防皆無破綻的魔法劍士，一般兵器已經無力阻止他。

但是——

「真不愧是哥哥！我們就順勢解決那艘航空母艦……！」

「唔，珠雫！」

「呀啊!?」

忽然間，橘紅熱閃如雨一般，落在一輝頭上。

〈水色輪迴〉無法閃避這波熱能。

一輝一把抓過珠雫，蹬地起跳。

他躲過這次攻擊，目光移向空中。

上空二十公尺附近。

無數陰影從天際俯視一輝。那是美軍的反伐刀者量產兵器，〈ＥＤＹ〉。

『搜尋&殲滅模式。』

『殲滅。』

『殲滅。』

「是機器人啊。」

數量約二十架。

但〈ＥＤＹ〉的數量逐漸增加。

是航空母艦。

航空母艦在驅逐艦的護航下，從甲板釋放〈ＥＤＹ〉。

得想方法對付那艘航空母艦。

一輝心想，對珠雫說道：

「珠雫，我們現在解除合體，各自作戰。機器人就交給妳，我去解決航母。」

「哥哥，太冒險了！您的身體……！」

珠雫當然反對。

一輝現在缺損了一半身體。

雖然解除合體後，一輝只是靠珠雫施術變為**小孩**，但他實質就是個傷患，嚴重程度難以言喻。

不過，一輝見珠雫反對──

「這話真讓我傷心，我可是時時刻刻都在思考如何贏過昨天的自己。」

他語氣堅定。

而那個笑容，是珠雫世界上最信任的一抹笑。

「……！我明白了，祝您武運昌隆！」

「珠雫，妳也是！」

深愛的男人說到這個地步，她也不得不尊重對方的意思。

珠雫解除合體。

『殲滅。』『殲滅。』『殲滅。』

兄長變得嬌小，往航空母艦而去。上空的〈ＥＤＹ〉已經將強子加農砲瞄準兄長。她隨即散布自身汽化後的鮮血──

「〈安息禱言(Rest In Peace)〉。」

從〈ＥＤＹ〉推進器的排氣孔入侵內部電路板。

機器人裝甲本來不存在內部構造，但珠雫透過凍結電路板，由內破壞機器人。

『毀、滅──』

〈ＥＤＹ〉失去推進器的飛行能力，紛紛消失於冰海之內。

另一方面，一輝趁隙抵達航空母艦，抓住船身些微的凹凸處向上攀。

他抵達甲板。

甲板上已有數十名美軍士兵布陣，人人手持機槍。

「喂！敵人跑到甲板上了！」

「這、這不是小鬼頭嗎？」

「但他是超能力者！不要留情，轟死他！」

數十把機槍同時開火。

不過在他們扣下扳機時，瞄具前方的男孩一輝已經不見蹤影。

他去哪了？答案正是──

「在下面！那小鬼從火網下面溜過來了！」

一輝知道自己現在的嬌小身材有益處。

那就是體積小，**又夠低**。

體格和軀幹又能像隻貓兒，幾乎貼著地面向前奔跑。

一輝活用孩童身材特有的矮小，鑽過集火射擊，闖入士兵隊列，不過──

這具身體當然有缺點。

就是攻擊力問題。

美軍穿著特殊纖維織成的防護服，又配備〈ＥＤＹ〉裝甲製成的護具。

一輝憑蠻力劈砍，不能期待孩童軀體的臂力有多少傷害。

沒錯，不能期待，所以──

（現在就是好機會，可以測試在愛德貝格的**靈感**！）

時時刻刻贏過昨天的自己。

一輝對珠雫說的話，並非逞強。

他在愛德貝格做魔力集中修行時得到靈感，現在就是實踐的好機會。

拋開〈一刀修羅〉、〈一刀羅剎〉等殺手鐧，將那滴水般的魔力裹上〈陰鐵〉。

一輝在愛德貝格學到了魔力控制，他擠壓、研磨，創造比日本刀更纖細的刀刃。

沒錯，一輝在愛德貝格，透過凝聚僅有的魔力，以魔力防禦彈開〈比翼〉的一劍。

這一次──他把當時的原理轉用於攻擊。

所有物質彼此結合，總會存在縫隙。一輝創造出細小的刀刃，足以滑進隙縫──以技巧斷其命脈！

「「「呃啊啊啊啊啊啊啊啊啊啊！！！！」」」

一輝猶如陀螺迴轉身體，一刀斬裂周遭數名士兵的腳與腳部護具。

當然，一輝的攻擊不會止於一刀，還沒結束。

一輝維持身體低點，在美軍隊列中四處奔馳，接連讓士兵失去戰鬥能力。

「不會吧……！這可是〈EDY〉專用的裝甲板啊!?」

「混帳！他太矮了，很難瞄準！」

「蠢蛋！不要把槍口對準友軍、啊啊啊！」

「Fuck！Fuck！臭小鬼，怎麼這麼強——咦!?」

士兵終於徹底跟丟黑鐵一輝。

他們甚至看不到那宛如貓兒，遊走四周的身影。

一輝彷彿硝煙一般，消失了。

不過事實並非如此。

一輝就站在士兵的身旁。

他不再四處走動，悠然停留在原地。

他們卻看不見一輝。

因為他們身陷絕境，視野變得狹窄，死角——「清醒中的無意識」也隨之增加。

一輝透過特殊步法〈抽足〉，滑入眾人死角，從所有人的眼前隱形——

「說實話，我才剛回國，不太懂實際狀況，也不知道你們打著什麼正義名號，掀起這場戰爭。不過——這裡是我的故鄉（國家），既然你們想傷害我的故鄉，不需要理由，我會與你們敵對。」

「「嗚、哇啊啊啊啊啊啊啊啊啊啊啊啊啊啊啊啊啊啊！？！？！？！？」」

一輝瞬間擊潰甲板上的兵團，鎮壓整艘航空母艦。

而現在不只有前線狀況改變。

後方。

都中心地底，〈地下都市〉防衛層的戰局也大大變化。

沒錯，援軍——不只有一輝等人。

◆◇◆◇◆

〈地下都市〉的戰局終於來到盡頭。

入侵〈地下都市〉的〈EDY〉多達五十架，D、E級騎士為主體的防衛部隊終究無力抵擋，眾人節節敗退，被逼入防衛層最底層，這裡是最後的樓層。

「唔啊啊！」

「絢瀨！」

「「大姊頭!!」」

絢瀨無法順利化解〈ＥＤＹ〉的拳頭，整個人被抓離地面，狠狠砸向防衛層的最後防禦牆。

這裡是防衛戰專用的寬廣空間，也是最後的樓層。

但是現在各個通道的防衛部隊群聚在這一層，人數達數百人，很難流暢閃躲。

絢瀨立刻想站起身——

「!?」

她的腳動不了。

她撞上牆時傷到脊椎。

而一道橘紅強光，照亮絢瀨。

那是來自〈ＥＤＹ〉強子加農砲砲口的毀滅之光。

絢瀨當下已經做好送命的準備，然而——

「……!!」

突然有人撞飛她的身體，讓她離開強光威脅。

是海斗踢開了女兒。

但是——

「爸爸，不行——！」

海斗將速度全都換成力量，讓女兒逃離危險，只能停滯在原地。

他的停滯十分致命。

橘光亮度遽增，彷彿連影子都能燒盡，即將吞沒海斗——

「幾尊小木偶都可以搞你們搞到翻掉？丟臉丟死了。」

下一秒，一個男人從〈ＥＤＹ〉入侵時打出的無數孔洞跳進來，順著墜落速度，一腳踩爛〈ＥＤＹ〉的頭部。

只見那紅衣男停在踩破的機器人頭部上方，正是絢瀨等人熟識的「那個人」。

「你……！」

「「克、克勞德!!」」

綾辻父女、貪狼學園學生深知來者身分。他就是〈劍士殺手〉倉敷藏人。

「克勞德，你回來了啊！」

「是說，拜託你別亂跑！我們之前超危險的耶!?」

「喔，抱歉啊。」

另一個男人和藏人一起從孔洞跳進來，他見貪狼的男生抱怨連連，出聲賠罪。

那名槍術士頭髮染得金黃，頭綁頭巾。

他正是去年的七星劍王，〈浪速之星〉諸星雄大。

「感覺事情真大條，我沒想到我方會被逼進〈地下都市〉內。」

「諸星學長……！」

「抱歉啊，這位小妹，都怪我把這傢伙拉出去了。」

諸星雙手合十，向絢瀨道歉。

另一架〈ＥＤＹ〉，正從他背後高舉超震動刀。

「小心！〈ＥＤＹ〉是機器，跟您的能力——！」

絢瀨大喊。不過——

「我的伐刀絕技的確拿這傢伙沒轍，但這些東西也就這點程度，還不至於讓我傷腦筋。」

她是空擔心一場。

諸星彷彿後腦杓長了眼睛，輕鬆躲過身後襲來的刀刃——〈虎王〉向前一刺，**直接捅穿〈ＥＤＹ〉最堅硬的胸甲，連同核心來了一次機器大串燒**。

「……！」

絢瀨無言以對。〈ＥＤＹ〉的裝甲吃她一刀，毫髮無傷，諸星的長槍輕鬆破壞〈ＥＤＹ〉，彷彿他刺的只是一個瓦楞紙箱。

「好了！〈劍士殺手〉，我們來大掃除！」

「就叫你別指使我！」

藏人吼著諸星，也喚出自己的靈裝〈大蛇丸〉。

諸星已經搶先衝進〈ＥＤＹ〉群，藏人也要追上去。

——他動身之際，回頭瞥了絢瀨一眼，說：

「喂，妳去包紮傷口。」

「……！」

藏人留下一句關心，也奔進一整團〈ＥＤＹ〉之中。

大批〈ＥＤＹ〉隨即以機槍或強子加農砲應戰，不過──

「〈惡路王〉──!!」

這名暴力天才猶如火山灰奔流，不停前進，〈ＥＤＹ〉的反擊顯得無力又弱小。

他以〈天衣無縫〉化解子彈，手拿靈裝，以攻擊抵銷強子加農砲。

他化解攻擊，一邊前進。沒有絲毫減速，直接以最短距離逼近，一刀劈下。

白骨鋸刃來回削切〈ＥＤＹ〉的裝甲，最後憑蠻力砍斷。

諸星也是。一個突刺，一個揮砍，觀察從每一個基礎動作的精細度與威力，可知眼前的騎士級別判若雲泥。

他們和那些〈ＥＤＹ〉陷入苦戰，〈ＥＤＹ〉現在卻如同木偶，一一粉碎。絢瀨看著，深切感受到在武術方面，他們這些Ｄ、Ｅ級騎士和眼前兩人猶如天壤之別。

她面對事實──不禁覺得他們有點可靠，而這念頭實在令她不悅。

以〈雷切〉東堂刀華為首，全西日本的騎士也抵達戰線。他們不像藏人和諸星從天花板的洞闖進去，而是依照正規路線，從通道到達。

「機器人……不願親上前線，卻用道具單方面奪走人命。這行為已經令人髮指，竟然還指使道具攻擊民眾……！太讓人生氣了！」

製作戰鬥兵器的作風。

刀華本來就對此反感，現在更是毫不掩飾抗拒與厭惡，她以能力釋放雷電。

「〈飛蝗雷荒〉——!!」

刀一拔，鞘口同時飛出細小雷電，散向四面八方。

雷電避開人類，被金屬製的〈ＥＤＹ〉吸入，電擊直接燒壞電路板。

眾騎士的怒火與攻勢，一口氣扭轉〈地下都市〉的戰況。

綜合作戰中心也觀察到，戰局變化實在劇烈。

「從法米利昂戰役、〈大炎〉討伐戰回歸的騎士，接連來增援了！」

「入侵防衛層的〈ＥＤＹ〉數量，已有百分之七十停止運作。」

「得、得救了！幸好他們到了！」

「從現在開始，就是決勝時機。」

嚴眼見前線與後方，雙方戰局同時好轉，隨即下令。

「駐紮中心的人員即刻參戰，我也會親上前線。我們要結束這場戰爭……！」

「「是！！！！」」

將最後預留的兵力，轉用於制勝一擊。

這是掃蕩戰的常用手段。

——另一方面，當嚴下令一決勝負之時。賓夕法尼亞號這艘航空母艦停留在最遠離戰場的位置，太平洋艦隊司令部就設置在此。司令部見戰局突如其來的變化，徹底陷入混亂。

「副司令！戰況有變！」

「敵軍援軍有兩名A級騎士，〈夜叉姬〉與〈深海魔女〉！以及一名男孩，疑似是曾戰勝A級騎士〈黑騎士〉的F級騎士，一輝．黑鐵！」

「〈EDY〉、驅逐艦無力阻止前者進攻！」

「〈世界時鐘〉也抵擋住前線的〈PSYON〉！我軍難以維持戰線！」

「總司令道格拉斯．阿普頓提督，沒有回應！沒有回應！」

「入侵〈地下都市〉的〈EDY〉部隊全毀！敵軍的增援部隊從九州回到前線!!進攻失敗！」

「副司令！我軍失去〈企業號〉和〈PSYON〉，不可能維持戰線！請下令撤退……」

「嘖……！」

艦隊副司令兼賓夕法尼亞號艦長，瑪斯坦提督年過五十，本就深刻的歲月痕跡變得更加明顯，他咬牙切齒地聆聽接二連三的戰報。

戰況太過糟糕。

尤其是〈EDY〉部隊直搗敵軍大本營後，狀況更不佳。

所有機體信號已中斷，已遭殲滅。

敵軍恐怕已經認定機不可失，派遣預備兵力與打倒〈EDY〉的援軍會合，開始將前線回推。

〈PSYON〉的眾多亞伯拉罕和〈世界時鐘〉陷入苦戰。

對方能夠操控時間，在對人戰鬥中極為棘手。

眼看前線狀況沒有好轉的傾向。

再加上總司令阿普頓生死不明。

瑪斯坦心想。

再繼續戰鬥，他無法為士兵的生命負責。

因此，他神色苦惱地下達判斷。

「無可奈何，宣布中斷——」

『萬萬不可————！！！！』

不過，一句怒吼直接中斷廣播，抹消了他的決定。

「阿、阿普頓提督!?」

◆◇◆◇◆

『阿普頓提督！您平安無事！』

「老夫絕不同意撤退！繼續執行本次作戰！」

燃燒中的〈企業號〉艦橋。

阿普頓獨自站在上頭，〈霸道天星〉炸斷了他的手，他用上衣為自己止血，堅持繼續戰鬥。

「老夫在軍事簡報上說過，這是一場守護世界正義的戰爭!!〈聯盟〉隱瞞〈暴君〉之死，把〈解放軍〉當作傀儡，玩弄世界整整半世紀以上！他們為了自己的利益，發動各種戰爭與恐怖主義！」

阿普頓朝著僅剩的通訊機怒吼。

他每說一句話，炙熱的怒火一次次從腹底湧上喉頭，那熱度比刺入側腹的金屬片更加滾燙。

「想想阿富汗、伊朗、越南！我們每一次失去戰友，都只是因為〈聯盟〉想有效操控世界！不過鬧劇一場！我們可以容許這種事發生嗎！NO!!答案絕對是『NO』!!」

阿普頓相信一切是為了正義，目送兒子上戰場。

兒子沒有回來。

兒子是為了正義，壯烈成仁。

邪惡促使了那場殺死他兒子的戰爭。而現在，那「邪惡」就在自己眼前。

他絕不能縱容。

然而說到底，認定〈聯盟〉為惡，煽動他的那些人們，同樣藏身於〈解放軍〉後方，暗地操縱整個世界——

「世界的正義在此！我軍絕不能輸!!為了死去的同胞，為了活在未來的孩子們！我們必須擊退邪惡——!!」

阿普頓不知道內情。

不，哪怕有人告訴他，他也不會相信。

因為他只能攀著這根浮木。

這名壯年將領心中，只剩下他相信，寧願獻上兒子也要堅信的一份正義，那就是**美利堅合眾國**。

也因此，阿普頓絞盡最後一分力氣。

他以「飄浮」之力操控「活體金屬」，重新形成一門八十八吋強子加農砲。

接著，他從墜落的〈企業號〉，再次將砲口瞄準東京都中心——

「〈貫徹正義〉————————!!!!」

強子加農砲開砲。

砲光焚燒空氣，筆直奔向東京都中心。

砲火的暴力只要灌入地表一次，想必能貫穿所有地層型裝甲，炸毀整座〈地下都市〉。

也因此。

一名騎士挺身抵擋在砲光前方，絕不容許慘劇成真。

「〈飛空提督〉，我不會說只有你是邪惡的一方。」

「……！」

阿普頓隔著殘存的一臺監視器，目睹那道身影。

一名少女紅髮搖曳，展開熾熱的火翼，駐留於空中。

她就是〈紅蓮皇女〉史黛菈·法米利昂。

史黛菈對阿普頓說道。

語氣帶著一絲憐憫。

「是我們政治人物處事不夠圓滑，才會發生戰爭。我們為了亡羊補牢，巧言利用他人，刺激眾多士兵的弱點，促使他們親赴戰場。我認為，會孕育出像你這樣的人，創造這個世界的所有人類都必須負責。」

所以——史黛菈高舉起劍。

「我不會讓你殺死任何人——！！！！」

「——！？！？」

史黛菈劍指向天，龍炎化作火柱，噴向天際。

火柱繞著螺旋，扭轉、絞緊、凝聚。

最後化作高聳及天的光劍，其光眩目，猶如白日。

而史黛菈揮動這柄劍——

「〈燃天焚地龍王炎（Calusaritio Salamander）〉——————！！！！」

砍向逼近的熱光。

白光衝撞橘光。

但是雙方的力量有雲泥之別。

強子加農砲的熱閃觸及〈燃天焚地龍王炎〉的剎那，隨即遭到撕裂、壓制，散向四方。

〈燃天焚地龍王炎〉的劍速不傷分毫，直接橫掃天空——一刀將空中半毀的〈企業號〉砍成兩半。

爆炸。

巨大的爆焰吞噬〈企業號〉。

風吹散火焰與硝煙之後，空中什麼也不剩。

賓夕法尼亞號的通訊官從遠方觀望這場戰鬥，宣布：

「——唔、阿普頓提督，通訊中斷……」

「〈企業號〉的反應消失了……」

副司令接到戰報，隨即發出剛才吞下的命令。

「——撤退了。傳令下去，作戰失敗，立刻開始撤退！」

◆◇◆◇◆

美軍的撤退非常順利。

士兵不拖泥帶水，退潮似地逃離戰地。

原因在於，今天是〈EDY〉跟〈PSYON〉主導攻擊。

〈EDY〉是機器，而〈PSYON〉的亞伯拉罕並沒有自我意志。

他是為合眾國而戰的活兵器。

愛蘭茲刻意將亞伯拉罕設計成現在的模樣。

他不會思考，不妨礙聽令。

西日本戰力剛抵達前線，體力多得有剩，本想繼續追擊撤退的敵軍，嚴卻制止了他們。

「傳令，不需要追擊。」

「您確定？現在戰況有利我方，屬下覺得現在是個好機會，可以削減敵人的實

力。」

現在多少減少敵軍人數，下次作戰會輕鬆一些。

敵人現在敗走，不是更應該趁勝追擊？

嚴的祕書官問道，但嚴搖了搖頭。

「——衛星並未確認敵軍增援，應該不會有第三波攻擊。更何況，我方這次傷亡較多，現在應該專注治療傷者。」

嚴說著，手撫上腳邊的柏油，發動伐刀絕技。

「〈鐵血鍊成〉。」

他讓自己的血流入無機物，讓房屋、瓦礫成為肉體的一部分，當場建造一棟巨大建築物。

嚴指著建築物，下達指示。

「我急就章蓋了一棟病房大樓，也通知醫療人員，他們很快就會抵達。幫狀況緊急的傷患做過急救之後，就送進這棟大樓裡。」

「明白了，屬下會傳令下去。」

「那麼這裡就交給你，我去安撫〈地下都市〉的避難民眾——」

「不過，分部長。」

祕書官這時打斷嚴的話。

嚴用目光詢問，祕書官露出一絲喜悅的神情，建議道：

「在開始下一份工作之前，屬下想請您親口告知眾人，這場作戰的結果。」

「——也對，是我沒注意到。」

嚴聞言，環顧周遭，只見受了傷的自衛隊員和魔法騎士全都望向嚴，眼中滿是期待。

做完一件事，馬上就想開始下一份工作，這是嚴的缺點。

他告誡自己，手拿無線電，告知作戰區域的所有人員：

「有勞各位——我們打贏了這場戰爭。」

宣言之後，眾人歡呼雷動，彷彿能撼動大地。

第三章

聖母史黛菈

日本受到極大考驗的一天，結束了。

風祭晄三隨著王馬抵達對馬基地，接受庇護，直到日落後才接到電話，得知消息。

電話的另一頭，是聯盟分部長黑鐵嚴。他代替月影，指揮整場首都防衛戰。

「原來，我知道了……有勞你了，嚴。」

晄三從過往戰友龍馬的孫子口中，聽完戰爭的前因後果，道了聲謝，掛斷電話。

他方才為了通電話，暫時離開醫務室。現在他又打開醫務室房門——

「嚴剛才來了電話，美軍已經離開附近海域，航向關島。」

這段話，是說給醫務室病床上的人聽。那是一名身穿西裝的中年男子。

日本內閣總理大臣，月影獏牙。

他在離開美軍基地的半路上昏倒，之後就不曾醒來。

眼前人始終身在惡夢中，苦苦掙扎。

晄三心想，他現在夢到的，肯定就是「那場夢」。

不過，那場夢並未成真。

年輕的力量擊退最糟糕的未來。

「也就是說，你的夢終究是杞人憂天。看看王馬，他還救走了我們，年輕世代的確可靠啊。」

「……唔、啊…………」

「但跟我相比，你也還年輕。好了，別睡了，向其他年輕人看齊，趕快回去工作。」

晄三說著，用力敲了敲月影的肩膀。

惡夢已經結束，趕快起床。

這一敲，像在激勵月影。

不過──

「……不、對…………」

「月影……？」

月影忽然喃喃拼湊字詞。

「還……沒、結……束…………」

他的眼瞼用力緊閉，顫抖著嘴唇預告著。

語氣如同哀嘆，又如驚駭——

「根本，還沒開始。」

日本，不，甚至超越〈聯盟〉、〈同盟〉的框架，世界級別的「災難」，即將到來。

◆◇◆◇◆

月影等人逃離美軍基地之後，不久——

月夜的藍，籠罩著塔特拉山脈山腰。

小小的影子坐在岩石陰影處，調整呼吸。

那是一名沾滿鮮血的和服老人，正是〈鬥神〉南鄉寅次郎。他之前才主動接下殿後的任務。

「一個人同時對付那數量的敵人，還是有點吃力呀。」

他脫下破爛的和服外套，用外套布料擦去杖中劍靈裝上的血液，最後將外套隨手一扔。

王馬等人逃離之後，大約過三天。

南鄉這三天始終採取游擊戰術，來對付合眾國的〈暴君複製人〉，總共數十名亞伯拉罕。身體終於吃不消了。

主要是因為敵手太難對付。

每一個亞伯拉罕都是〈魔人〉，實力遠在A級之上。

一對一，就已經不能掉以輕心。

他卻一次對付數十個這層級的敵人，必須做到極度專注，謹慎行動。

也難怪南鄉身心俱瘁。

「老朽到登場為止，都還挺帥氣的……」

他忍不住抱怨，真不想變老。

南鄉大概無法打敗那麼多的亞伯拉罕。

他現在運用「聲音」能力藏身，但下次遇敵之時，很可能就死在敵人手上。

是時候該撤了。不過——

「要逃……也得先確認**那玩意**在什麼地方。」

南鄉來到基地之前，先去過〈解放軍〉的王座之間，發現〈暴君〉的屍體連同王座不翼而飛。

從行動路徑可以肯定，〈暴君〉的屍體應該是和月影等人，一起被人帶到塔特拉山脈下的美軍基地。

南鄉採取拖延戰術，四處逃竄。亞伯拉罕和愛蘭茲之所以沒有扔下南鄉，去追擊月影等人，也是因為〈暴君〉的屍體還在這個地方。是那玩意成就了他們的正義。

南鄉這麼推測，而且——

「我有同感。」

「!!」

突然出現一個人，跟他抱持相同看法。

南鄉的伐刀絕技〈靜〉如同結界，可以消除所有聲音。

一名女子卻打破了結界，發出聲音，還帶著形如雙翼的對劍。

那女子靜靜佇立在滿布月華的山丘上，猶如高貴潔白的花朵。南鄉認得那模樣。

「南鄉先生，久違了。」

「——人總是在意想不到的地方，遇見意外的人哪，愛蒂。」

〈比翼〉愛德懷斯。

南鄉的知心好友——黑鐵龍馬曾遭黑鐵家放逐，他失去力量與地位之後，前往異國教劍。這名少女，正是他的學生。

◆◇◆◇◆

「喔喔，這位老爺爺就是〈鬥神〉嗎？聽說除了我以外，只有你讓〈大老師〉倒地過！久仰久仰！」

一名膚色黝黑的黑髮女孩，從愛德懷斯身後冒出來。女孩的容貌和愛德懷斯正好相反。

她穿著中華風格的服裝，看似個性活潑。

日前在愛德貝格，〈紅蓮皇女〉曾以挑戰愛德懷斯的權利為賭注，對付這個女孩。她是中華大陸引以為傲的仙人（與〈魔人〉同義），〈饕餮〉福小莉。

眼前這名傳說中的鬥士，曾在小莉的故鄉——神龍寺主辦的〈鬥神盃〉大鬧一場，以外人身分抱走冠軍。小莉好奇心十足，想要靠近南鄉。

不過，愛德懷斯出手制止了她。

——妳的事等一會再說。愛德懷斯以行動告誡小莉，接著告訴南鄉自己的來意與經過。

「〈傀儡王〉的事件之後，〈同盟〉加速他們在全歐洲的可疑舉動。近期可能會發生大規模的戰亂，在戰亂發生前……我至少要先確認〈暴君〉的現狀。」

那具屍體，可能會成為第三次世界大戰的引爆點。

愛德懷斯從龍馬口中瞭解了這部分內情。

「但我去了據點，王座之間已經空無一物。我追蹤魔力殘渣，才一路追到這。」

「妳繼承了**龍**的遺志？」

「我從未做過太形式上的宣示。我只是想——用師傅教我的劍，拯救所有我能救助的生命。」

南鄉聽完愛德懷斯的話，微微點頭。

他以動作表示，自己明白愛德懷斯的動機。

接著，他的目光移到小莉身上。這女孩從剛才開始，就在愛德懷斯身後，雙眼發亮。

「那邊的小丫頭剛才說什麼〈大老師〉，妳八成是〈饕餮〉福小莉，是吧？傳說〈饕餮〉是個強悍的〈破戒僧〉，結果卻是個可愛小姑娘。」

「對！你知道我，真榮幸！我們做完自我介紹了，現在就來比試一場吧！」

「……果真強悍。」

小莉用力抱拳一禮。南鄉見狀，不禁苦笑。

他回絕興匆匆的小莉，問了愛德懷斯：

「不過，愛蒂，這小姑娘是禍首〈同盟〉的鬥士，妳怎麼會和這姑娘一起行動？」

愛德懷斯聞言，困擾地嘆口氣。

「這個，她之前倒在阿爾卑斯山脈，我救了她一命，之後她就不知為何，一直纏著我……」

「倒在山上？」

「對！我之前輸給史黛菈閣下之後，深感自己實力不足，就在阿爾卑斯山修行。但我那時太不甘心，衝動之下就跑到山上，連食物都沒準備，山上暴風雪還吹個不停，真是九死一生！啊，不過愛德懷斯閣下給的棉花糖夾心餅太好吃了，結果還是賺到了呢！」

「齁齁齁，小莉，老朽猜猜，妳就是個傻瓜，對吧？」

「對，常有人說我傻，可是我有多傻，人就有多強喔！身為鬥士，必須以武術奉還性命之債。愛德懷斯閣下救了我的命，我會緊緊地跟隨她，直到我報完恩為止。」

「原來如此。」

南鄉清了清喉嚨，揚起了笑。

愛德懷斯這下傷透腦筋了。

畢竟對方有實力，很難甩開她。

但跟小莉講道理，小莉也聽不進去，愛德懷斯無計可施，才帶著她過來。

不過——她派得上用場。

南鄉心想。

「——妳們倆到了這，應該也察覺了，老朽現在對上老美的〈超人〉亞伯拉罕。而美軍現在把〈暴君〉**搬進**那座基地的某個地方，恐怕想讓那玩意變成下場大戰的引爆按鈕。」

「確實。」

「一對一對上〈超人〉亞伯拉罕，就已經夠麻煩了。要我這把老骨頭，單槍匹馬打倒好幾個亞伯拉罕，找到〈暴君〉的所在地，有點難辦……年輕人，妳們要不要敬老尊賢一下，幫幫我這個可憐老人啊？」

「我本來就是這麼打算。」

「好！我也照愛德懷斯閣下的意思做！而且，可以一次跟這麼多美國的〈超人〉打鬥，好厲害呀！」

南鄉淡淡一笑，如他所想。

這個名叫「小莉」的女孩，一如〈破戒僧〉傳聞，完全不在乎國族立場，是個隨心所欲的武術家。她願意跟隨愛德懷斯，倒是讓人心神一振。

就讓她好好大鬧一番。

三個〈魔人〉，人數上雖然落下風，實力倒是可圈可點。

湊齊這些戰力，應該有辦法去確認基地裡的〈暴君〉。

「那麼，上吧。」

話語一落，三人同時奔出南鄉的〈靜〉。

亞伯拉罕隨即偵測到三人，靠著〈瞬間移動〉來到極近距離。

戰鬥，開打。

◆◇◆◇◆

「好的！各位辛苦了——!!」

「「「乾杯————！！！！」」」

整座東京都中心藉由地殼電梯，收納於地層護壁底下。

太平洋艦隊退回公海之後，東京再次升回地表，從緊急時的要塞搖身一變，變回那座不夜城，燈光足以抹去黑夜的星光。

眾人從避難所大解放，開始在城鎮裡狂歡，東京都內的餐館免費提供菜餚酒水，慰勞奮戰後的人們。

不只是餐館內，路旁、屋頂、街道，處處充滿著人，彼此分享跨越考驗後的喜悅。

少年與少女愉快地走在這股歡樂氣息中。

他們是破軍學園一年級，日下部加加美與有栖院凪。

「嗚呼！走到哪都鬧成一團耶。」

「這也難免，大家真的經歷很困難的一仗嘛。」

「走到哪都是新聞素材的寶庫，真是讓我的記者魂蠢蠢欲動啊。」

加加美說著，拿起掛在脖子上的相機，按下快門。

她是破軍學園的新聞社社員，製作了破軍學園壁報。

這次戰亂雖然嚴重，卻也很值得留下報導。

也許有人看了報導內容，會勾起他的恐怖記憶。

但也因為有人恐懼戰亂，這場狂歡非常適合作為壓軸報導，為戰亂做個總結。

「第二學期初的大特輯很豐富喔。我採訪了很多戰爭英雄呢。」

「哎呀，妳什麼時候開始採訪了？」

「現在，我用了能力在各個地方採訪中。妳看那邊，海江田先生那裡也有一個『我』。」

有栖院順著加加美的手指看去。

擠滿人的幹道中間，海江田正手拿燒酒杯，臉頰泛紅，加加美正拿著錄音器材對著他。

不，不只那裡。

眼前所及之處，都看得見加加美的身影。

自衛隊隊員、學生騎士、主婦、兒童——她正在採訪跟這場戰亂有關的人。

增加物體數量——〈心象倍增（Raise up）〉。

加加美利用這項伐刀絕技增加自己，到處採訪。

「不過，我還沒採訪到這次戰爭功勞最大的人，我校的理事長呢。」

「理事長還沒醒啊……」

「嗯，畢竟她這次太亂來……她好像已經用再生囊治好傷口，還沒恢復意識。西京老師現在也陪在她身邊。」

黑乃實際上是一個人擋住整支〈PSYON〉，直到援軍抵達。

但這次戰鬥的後果非常嚴重。

「還好啦。我就等理事長出院再採訪就好，我也想採訪史黛菈、學長還有珠雫，但我還沒找到人。」

「──妳真是無時無刻都很有精神。人家就喜歡妳這一點。」
「嘻嘻嘻，當然啦，當記者要靠體力吃飯嘛……啊！」
就在此時。
加加美發揮記者的觀察力，在人群中瞥見熟悉的面孔。
她離開有栖院身邊，跑向那名人物。
那道背影直挺挺的，一邊走，一邊搖晃如火焰般的秀髮。
那個人──
「史黛菈──！」
正是她的同班同學，〈紅蓮皇女〉史黛菈・法米利昂。
加加美幾乎是用擒抱的力道，直接撲到史黛菈身上。
「加加美！哇啊！」
「法米利昂的事，辛苦妳了……！」
加加美抱緊了史黛菈。
法米利昂位於遙遠的另一端，但她身為記者，很清楚當地發生的種種。
不只是勝敗，還包括引發爭端的經過。說直接一點，她知道史黛菈深愛的國民犧牲了多少人。
史黛菈感受到加加美的擔心與關心，感激地摸了摸她的頭。
「對啦……嗯，很辛苦，但是一輝和寧音老師都在，勉強解決了。」

「哎呀，都不用感謝我？」

「我、我當然、也很感謝珠雫啊。」

珠雫走在史黛菈隔壁，小小地譏諷。

史黛菈有點結巴，但還是回答了珠雫。

兩人平時針鋒相對，要她當面感謝，總是有點害羞。

「珠雫，好久不見了。」

珠雫看到史黛菈害羞，表情滿意。有栖院也追了過來，輕拍珠雫的肩膀。

珠雫回頭一望，神情頓時開朗。

「艾莉絲，妳也回來了呢。」

珠雫和好朋友有栖院握了手，慶祝再會，以及彼此平安無事。

「妳掃過墓了？」

「是啊……我加入〈解放軍〉以後，一直沒去見他們。我和以前的好伙伴聊了很多。」

「原來，太好了。」

「珠雫，妳呢？**這次趕上了嗎？**」

「是，我這次沒有像之前一樣，只能哭著乾等。」

〈七星劍武祭〉的時候，珠雫還只能向〈白衣騎士〉求救。不過，到了法米利昂戰役，她順利救活了瀕臨死亡——不，是已經死亡的一輝。

珠雫很得意自己的成果。

接著，她環顧四周的喧鬧——

「法米利昂出大事，沒想到這裡也碰上麻煩。哥哥和西京老師還在復健，就接到緊急徵召，嚇了一大跳。艾莉絲有受傷嗎？受傷的話，我現在幫妳治好。」

「我沒事，我只待在後方支援。啊，但是加加美去了前線呢。」

史黛菈吃驚地喊道：

「是嗎？加加美，妳好厲害！一般應該不會派D級學生騎士上前線耶！」

「嗯，學長的爸爸——黑鐵分部長親自點名我。我和桐原學長、理事長一起去攻擊航母艦隊。」

「……桐原？誰？」

對話突然冒出陌生的名字，史黛菈疑惑地歪了歪頭。

珠雫聞言，說道：

「我記得是哥哥在〈七星劍武祭代表選拔賽〉的第一戰對手。就是會隱形，用弓箭的那個人。」

史黛菈聽了，表情明顯變得難看。

「喔……是那個討人厭的傢伙。對啦，那傢伙是C級，他上了前線啊。」

「他表現很不錯喔，詳情就請妳們讀之後出版的破軍學園壁報暑假超大特輯——史黛菈！」

「怎、怎麼了?」

加加美突然放開史黛菈,眼神閃閃發亮,充滿哀求色彩。

史黛菈不知道她想做什麼,不禁繃緊身子。

「我想問史黛菈好多事情,可不可以告訴我法米利昂戰役的狀況?史黛菈和學長在那場戰爭表現出色,我好想在特輯寫篇報導。啊,如果妳很不想談,當然也不用勉強⋯⋯」

加加美嘴裡說著不勉強,卻用眼神苦苦哀求。

她顧慮史黛菈的心傷,但本性還是個記者。

她實在太想聽當事人聊聊一個歷史事件。

史黛菈不討厭她的執著。

加加美就是這麼直率,所以史黛菈才喜歡她。

所以史黛菈一口答應。

「可以啊。我會告訴妳大家英勇奮戰的故事,妳要把他們寫得帥氣一點。」

「謝謝──!」

她才剛答應,又說了一句:「不過⋯⋯」

「可不可以等我一下?我現在⋯⋯在找一輝。」

「找學長?」

「嗯,我們在人群裡走丟了。加加美、艾莉絲,妳們有看到一輝嗎?」

「學長？沒看到耶。」

「人家也沒看到。」

兩人搖了搖頭。

珠雫從旁糾正道：

「史黛菈，她們和現在的哥哥擦身而過，也認不出那是哥哥呀。」

「啊，對喔。」

史黛菈聽了珠雫的話，也表示同意。

日本和法米利昂有半圈地球這麼遠。

一輝擊敗〈黑騎士〉，在命危之時撿回一條命。這消息應該傳回了日本——但詳細經過，也就是他變成小孩的消息，應該還沒傳開。

「認不出來？什麼意思？」

「嗯，就是啊——」

◆◇◆◇◆

另一方面，這時說到走丟的一輝——

「哇——這個身高根本看不到前面……」

他在人群之中，彷彿一片被湍急水流擺弄的樹葉。

他想找史黛菈和珠雫，但他現在的身高跟周遭差距太大，什麼也看不見。
看不到路，只能像無頭蒼蠅似的，隨人流到處竄。
再繼續找下去沒完沒了，一輝決定先逃出人流。
他正要喘口氣——
「小朋友！」
「！」
高亢的嗓音突然往一輝投去。
在這陣狂歡之中，也聽得出那聲音衝著他來。
一輝望向聲音的方向，只見一名女子驚慌失措地跑向自己。
那女子一把抓住一輝的肩膀。
「你身上怎麼都是血！」
一輝認識那名女子——不，那是一位穿著劍道服的女孩。
「綾辻學姊……！」
沒錯，她曾向一輝求教劍術，是破軍學園的三年級生。
綾辻絢瀨。
絢瀨見陌生男孩知道自己的名字，不禁瞪大雙眼。
「奇怪？你怎麼會知道我的名字？我們在哪見過嗎？你不像住附近的孩子——不對，現在不管這個，你要趕快去治傷！」

「啊，沒事的，這不是我的血。」

「咦？」

一輝說完，脫掉外套，拉開衣領。

他身上沒有半條傷口。

他在戰爭中甚至沒有一分擦傷。

衣服、頭髮上的血，全是敵軍的血。

絢瀨確認一輝身上沒有傷，這才安心地輕撫胸口。

「原來，太好了……不過，你很害怕對不對？居然碰到事情，潑得你滿身血。」

「也沒有，這些是殺傷敵人時噴出的血，對方才應該害怕。」

「咦？」

「綾辻學姊，我是一輝，黑鐵一輝。」

一輝沒道理瞞她。

他爽快揭露身分。

絢瀨聞言，頭上冒出問號，接著拍了拍手。

「——喔！原來如此，你是黑鐵學弟的粉絲，對不對？他很帥嘛。」

「咦？不是，我就是他本人。」

「不要騙我，一輝學弟只小我一歲，他沒有你這麼小喔。」

「我只是之前在法米利昂戰役的時候出了差錯，受重傷，才讓人暫時把我變得這麼小。」

「喔喔，你是玩這種設定啊。」

（她、她不相信我！）

雖說一般人本來就不會相信，有人可以返老還童十歲，絢瀨的反應在所難免。

一輝思考著，該怎麼辦？

絢瀨不相信他，其實無所謂。

當他正在考慮假裝成陌生人，直接離開——另一個一輝熟識的面孔粗魯推開人群，走上前來。

「喂，絢瀨，妳在幹麼？快點，要回去了。」

「倉敷同學……！」

那男人身穿紅色制服，胸前刺了個骷髏。

〈劍士殺手〉倉敷藏人。

他是貪狼的學生騎士。以前他曾經賭上絢瀨的道場，和一輝對戰過一次。

藏人見一個小孩忽然親暱地喊著自己，瞇細了眼。

「嗄？這小鬼誰啊？」

「呃、不，我是黑鐵一輝，碰到了點事情，現在變成小孩的樣子。」

「嗄啊？你傻了啊？大人哪會變回小鬼？」

「你講話不要這麼粗魯。大家小時候都喜歡模仿人玩遊戲，你也玩過吧？」

「——不過，這張討人厭的長相，的確有點像那傢伙。」

（哦……？）

藏人蹲下身，仔細瞧著一輝的臉。

藏人直覺敏銳。

他說不定會靠著直覺發現一輝的身分？

一輝向他送出期待的眼神。不過——

「好痛！」

對方突然彈了一輝的額頭，他直接摔倒。

「喂!!你做什麼！」

「不是，因為真有點像那傢伙，我想說稍微試了一下，連這一下都閃不過，肯定是別人。」

（糟糕……）

一輝其實看得見藏人的攻擊，卻躲不掉。

剛才的戰鬥中，制伏航空母艦並不難，主要是看精神力跟技巧。

但是小孩的體力已經耗得差不多，藏人的手指來得太突然，一輝來不及閃躲。

痛楚直鑽頭蓋骨內，一輝痛得眼角帶淚。

絢瀨見藏人動粗，高聲怒吼：

「爛人！怎麼能突然打小孩子！我居然會覺得你這種人有點可靠，我覺得自己好丟臉！」

「妳也氣得太拐彎抹角。」

「吵死了！小朋友，還好嗎？」

絢瀨關心地撥開一輝的劉海，檢查他的額頭。

她看到額頭有點發紅，更是怒目橫眉，又瞪了藏人一眼。

「你自己回去！我要帶這孩子去洗澡！」

「哈，隨便妳。」

藏人見絢瀨徹底發起脾氣，飛也似地逃離現場。

好不容易有機會證明自己的身分……

一輝後悔自己的失誤——接著，絢瀨剛才的話勾起了疑問。

「洗澡？」

「對，你身上都是血，黏答答的，很不舒服，對不對？附近的澡堂說要服務大眾，免費讓大家泡澡。我帶你去。」

原來如此。

一輝看了看自己的外套，也覺得絢瀨說得沒錯。

外套髒成一片，沒沾到血的地方反而比較少。

周遭的人看到一輝這副模樣，一定會像絢瀨一樣擔心他。

自己穿著這身衣服到處走，會給周遭添麻煩。

而且他聽絢瀨一說，也感覺血把頭髮黏成一束一束，很不舒服。
「——也是，綾辻學姊，謝謝妳特地陪我去。」
「沒關係，我也流了一身汗，正想去沖乾淨。」
一輝道了謝，決定跟著她走。
絢瀨帶著他，來到一間常見的公共澡堂。
一輝在男女分開的入口和絢瀨道別，正要走進男用澡堂。
不過——這時卻出了大麻煩。
一輝正要穿過男用澡堂的暖簾，女店員忽然制止他。
接著，她對絢瀨說：
「不好意思，今天來了很多自衛隊的客人，男性客人人數過多。十歲以下的孩子不分男女，都必須使用女用澡堂，您可以接受嗎？」
「沒關係。」
「不，有關係！」
絢瀨一個秒答，一輝隨即出聲抗議。
關係可大了，會出大事。
因為自己的外貌，怎麼看都只有十歲以下。
他這一進去，根本直接犯罪。
「如果只能去女澡堂，我就不用了！絢瀨學姊，請您自己進去吧！」

一輝當然急忙想逃走。

但他現在行動不夠敏捷，絢瀨輕易抓住他的手臂。

「真是的，不要耍任性！你這樣子在外面走，路上的人會擔心你啊！」

「嗚，可是……」

「沒有可是。沒關係，你只是小孩，沒有人會在意的。」

接著，對方強行拉走一輝。

絢瀨畢竟是生在劍道道場的女孩。

她有在鍛鍊，基礎體能極高，力氣也大。

一輝現在疲憊不堪，無力抵抗——

（只希望不要有認識的人在……）

他只能任憑絢瀨拉著，穿過女澡堂的暖簾，視線固定在地板上，一邊祈禱。

不過——神完全沒聽到他的祈禱。

「哎呀，綾辻同學，真巧。」

「綾辻學姊，妳好啊！之前的會議之後就沒見到妳了呢。」

「晚安，聽說〈地下都市〉也守得很辛苦呢。」

「啊，學生會長，兔丸學妹，還有貴德原同學。各位辛苦了。」

（有一大堆熟人在——‼）

一輝的眼睛盯著地板，沒有看到人，但顯然傳來熟人的聲音。

他感覺自己的每一個毛孔都噴出汗水。

「哎呀？這邊這個男孩子，是綾辻同學的弟弟？」

「不是，我走到這附近，看他身上都是泥巴、血水，還到處逛，就帶他來洗澡了。」

「都是血!?他有沒有受傷!?」

刀華聞言，馬上跑過來。

她馬上蹲下來，擔心地查看一輝的身體。

（不要蹲下！東堂學姊，不要蹲下來看我啊！）

刀華豐滿的內衣打扮突然闖入視野，一輝只能拚命閉緊眼瞼。

他已經從整張臉紅到耳根子去。

不過，這群女孩完全沒發現一輝在忍耐。

「沒事，我剛剛確認過了，他沒有受傷。」

「這樣啊，太好了。你一定遇到很恐怖的事，好可憐……咦？」

「可是這孩子完全不抬頭呢。啊，他閉著眼睛。」

「這裡太多女生了，他應該很害羞。這孩子好成熟，真可愛。」

兔丸、貴德原也跟著刀華在一輝旁邊蹲下。

一輝閉著眼，也能靠空氣的流動、體溫感覺到身旁的狀況。

這下子，他非得把這件事帶進墳墓，保密到底。

除此之外，一旦曝光，他肯定社會性死亡。

不管三七二十一，他只能裝成一個不諳世事的成熟孩子，撐過這酷刑——

正當一輝考慮對策，刀華悄悄在他耳邊說了一句——

「——那個，你該不會是，黑鐵同學？」

「——！！！」

一輝登時屏息。

一輝的反應對刀華而言，等於鐵錚錚的答案。

其他人已經去脫內衣了。刀華壓低音量，以免其他人聽見。

「果然，我感應生物電流的感覺有點熟悉，就在猜是不是你。」

「啊、這個那個，我這是有很複雜，不對，一點也不複雜，總之，我有苦衷……！」

一輝緊閉雙眼，神色蒼白地想辯解。

刀華見狀，溫柔地摸了摸一輝的頭。

「我大概想像得到。你說自己是黑鐵一輝，卻沒人相信，對不對？我知道黑鐵同學不是來女澡堂偷窺的，你又不是那種色狼。」

「東堂學姊……」

© Won

「不過你變得這麼小，也難怪綾辻同學不相信你。你怎麼會變成這樣？」

「其、其實是因為──」

一輝告訴刀華，自己在法米利昂的遭遇。

壓低音量，只讓刀華聽見。

刀華聽完，點頭表示明白。

「所以黑鐵同學其實是重傷傷患，丟了一半的身體，靠珠雫同學的力量塑形成勉強能動的樣子。」

「那、那個……真的很對不起。」

「這是不可抗力。這個國家的人常常出現日本刀型的靈裝。你變得這麼小，就算喚出靈裝，大家只覺得你的靈裝跟黑鐵同學很像。」

刀華說著，雙手搭在一輝雙肩上。

「雖說是不可抗力，我想被大家知道了，還是會很尷尬。這裡就交給我，我會幫忙掩護黑鐵同學，讓你可以一直閉著眼。」

「非常感謝您……！真是幫大忙了！」

刀華知道內情之後，對眾人說要照顧一輝。

「他說什麼都不肯睜開眼睛，是個小紳士呢。我們要好好保護小紳士的自尊。沒關係，我會顧著他，讓他閉著眼也不會跌倒。」

「是嗎？既然學生會長這麼說……」

刀華最懂照顧孩子，絢瀨等人誰也沒反對。

「那我幫你脫衣服，你別亂動。」

刀華帶著一輝遠離眾人，幫閉著眼的他脫下衣服。

一輝不在乎被人看到小孩模樣的裸體，老實地聽從刀華。

於是，刀華脫完一輝的髒衣服之後，輕柔地握起他的手。

澡堂地板很滑，握著手以免一輝滑倒。

一輝感激刀華的體諒，也回握那雙可靠的救贖之手。

刀華的幫忙完美無缺。

她告訴一輝洗髮精和沐浴乳的位置，一輝便自己洗去汗水與髒汙。

之後刀華又牽著一輝來到浴池。他泡暖身子之後，和眾人一起離開浴池。

一輝讓刀華幫自己扣上鈕釦，暗自鬆了口氣。

他一開始還以為會出大事，總算平安解除這場意外驚魂。

一切都要感謝刀華，幸好她願意體諒一輝的立場。

下次一定要好好向她道謝。

一輝心想，和眾人一起離開女澡堂之後——

「唉，一輝真是的，頂著那模樣，到底跑去哪了……啊，刀華學姊，好久不見……呃。」

「哥、哥哥!?您怎麼會從女澡堂出來!?」
「咦?咦咦咦!這就是傳說中的迷你學長!?」
「哎呀哎呀,你變得好可愛呦~!」

他徹底社會性死亡。

◆◇◆◇◆

「你是說,你跟丟我們以後,在路上亂晃,碰到綾辻學姊,她看你衣服沾滿血,就帶你一起去洗澡?」
「是……」
史黛菈在女澡堂外撞見一輝之後,二話不說就把一輝塞進計程車,直接綁回破軍學園。現在一輝被罰跪在宿舍冰冷的地板上。
另一方面,史黛菈坐在雙層床的下層,俯視著一輝。
兩人這模樣,彷彿判官與跪在白砂石上的犯人。
判官大人正高高在上地翹起長腿,擺出看著螻蟻的眼神,俯視並逼問犯人。
「所以你就仗著自己變成小孩,混進女澡堂?」
「我、我不知道小孩只能混浴!我說真的!」

「那你當場逃走就好啦！幹麼跟著進脫衣間！」

「我、我是第一次用這具身體參與戰鬥，體力耗得比我預想的快……」

「哼！找那麼多藉口，你只是想裝成小孩去女澡堂偷窺吧！色狼！變態！大爛人——！」

「嗚嗚……」

辱罵一字一句猛戳一輝的心。

之所以心痛，是因為他自己也同意史黛菈的說法。

無論有什麼前因後果，男人都沒道理進去那種充滿女人的地方。

沒有酌情量刑的餘地，毫無推託的藉口，就是重罪。

所以一輝放棄請求對方體諒——

「——這次全都是我不好，真的很抱歉。我想賠罪，什麼事都願意做，我怎麼做，妳才願意原諒我？」

決定摸索方法，平息史黛菈的怒火。

畢竟一輝這次不是偷窺史黛菈，她本人沒有受害，一輝也想不出該做什麼，證明自己有反省。

依舊都依史黛菈想法而定。

所以一輝決定直接問。

只要她說出口，一輝什麼都願意做。

史黛菈聞言，不悅地撇過頭……

「……你很興奮嗎？」

「咦？」

「你看到大家的裸體，是不是很興奮？」

她忿忿不平地問道。

一輝聽了，用力搖頭否定。

「不、不不不！我沒看！我一直盯著地板，根本不敢看……！」

「騙人，你和刀華學姊手牽手一起走出來啊。」

「那是因為東堂學姊發現是我，她只是出手幫我，讓我可以一直閉著眼睛。畢竟碰到那種狀況，我太緊張，心臟的確跳個不停……可是我沒有偷看。那種狀況亂看大家太沒禮貌，更何況，也對不起史黛菈……」

「…………」

一輝老實坦白，史黛菈仍撇著頭，臉倒是紅了起來。

之後，她閉上眼，沉默片刻。

犯人則是繼續跪坐在白砂石上，等待發落。

於是，史黛菈開了口。

「我知道了，我就相信一輝沒有偷看大家的裸體。」

「所以！」

「可是我不原諒你。」

「呃……」

那是要他怎麼辦？

一輝徹底無力。史黛菈又說：

「你剛才說，你什麼都願意做，對不對？」

「呃，對。只要妳願意原諒我……」

「那……你就跟我一起去洗澡。」

「欸、嗄啊!?」

處罰完全出乎一輝預料，他震驚地大喊。

跟史黛菈一起洗澡，有什麼意義？

而且他剛剛才洗完澡。

史黛菈見一輝滿頭霧水，說道。

她鼓起雙頰，彷彿一隻河豚。

「我也想和小小的一輝一起洗澡嘛！只有大家可以跟你一起洗，不公平！」

◆◇◆◇◆

史黛菈拉著一輝進了脫衣間。

一輝聽著身後衣物摩擦的聲響，暗地想著。

（為、為什麼會變成這樣……）

「哼～♪哼～♪」

史黛菈和剛才截然不同，心情好得不得了。

背後傳來她愉快的哼歌聲。

不久後──

「一輝，讓你久等了。」

史黛菈輕拍一輝的頭。他的身高現在只到史黛菈的腰部。

一輝回過頭，只見史黛菈連毛巾都沒包，光溜溜地站在他面前。

「史、史黛菈……！妳至少包條毛巾！」

「怎麼，你害羞呀？你之前揉得那麼開心，現在還會害羞？」

史黛菈挑釁地笑了笑，捧起自己的大胸部。

那對酥胸柔軟地改變形狀，勾起初夜的回憶。當時的觸感，在腦海中鮮明地復甦，一輝不禁面紅耳赤，移開目光。

「呃、這，是沒錯，妳說得沒錯，但該說我還沒習慣……史黛菈，妳不覺得害羞？」

「我？是有點害臊啦，但讓你看而已，感覺還好。而且我的身心都已經屬於一輝了，對吧？」

「唔……」

「不是嗎？」

「是、是沒錯……」

一輝當然也想明確主張自己的所有權。

史黛菈聽了一輝的答覆，滿意地微笑──

「反正今天一起洗個澡而已。來，趕快進去。」

她推著一輝縮小的肩膀，往宿舍的浴室去。

「來，你坐那邊，我幫你洗頭。」

「沒、沒關係啦，我剛才自己洗過了……」

「一輝，你都沒聞到？你還有點臭喔。」

「咦？真的？」

「反正你一定是隨便洗一洗，想趕快離開女澡堂。」

就如她所說。

到剛剛為止的狀況，都容不得一輝確認自己身上的味道，他現在一聞，才發現頭髮、身體還留了一些海潮的腥味跟鐵鏽味。

「好了，快坐好。我幫你洗乾淨。」

「呃，嗯……」

一輝坐了下來，史黛菈跪在他背後，先用蓮蓬頭噴溼一輝的頭髮，仔細地揉開髮絲。

不過這個姿勢——

（胸、胸部碰到後頸……）

柔滑又溫暖的觸感，時不時撩撥著後頸。

史黛菈的胸部太大了。

她應該不是故意靠上來，但她沾滿泡沫的手每一次揉動，胸部就快要貼上一輝的後頸或臉頰。

一輝時不時感覺一陣衝動湧上心頭，想要伸手摸向那蜜桃般的豐胸，但小孩子的身體什麼都做不了。

他衝動無處發洩，又感覺自己很沒用，實在煎熬。

不過一輝才說自己什麼都願意做，如今也沒辦法溜走。

假如撐過去，史黛菈願意原諒自己誤闖女澡堂……

一輝心想，還是隨史黛菈擺弄。

不過……

「嘻嘻，肩膀也變得好瘦小，好可愛。」

「…………」

史黛菈快樂地盯著縮小的一輝，他身為男人，還是擔心了起來。

「史黛菈啊，妳比較喜歡縮小後的我？」

他下意識擔心，史黛菈也許比起原本的自己，比較喜歡縮小後的版本。

史黛菈聞言，噗哧一笑。

「噗，一、一輝，你該不會嫉妒起變小的自己吧？」

「——……有一點。」

「唉喲～！」

「哇啊!?史、史史史史黛菈!?」

史黛菈突然從後面抱緊一輝。

碩大的雙峰夾住一輝的臉，心跳次數瞬間多了幾倍，心臟簡直快爆炸。

史黛菈在一輝通紅的耳邊，輕聲細語。

「我最喜歡的，當然是平時的一輝啊～」

「可是……妳看起來好像比平常開心。」

「嗯，這個嗎？該怎麼說？我看著現在的一輝，就想說假如我們生了男孩子，應該就是你現在這種感覺，就覺得現在的你越看越可愛。」

「孩、孩子!?妳、妳已經想這麼遠了!?」

一輝聽完史黛菈的想法，大吃一驚。

史黛菈不解地歪了歪頭。

「嗯？一輝按照約定拯救了法米利昂，父王也不反對我們結婚了。不奇怪吧？」

「是、是嗎？」

「他敢反對，我就埋了他。」

聽起來不像開玩笑。

「可是，我們還是學生……？」

「我當然也不想在在學期間生小孩，但是三年一下就過了。而且露娜姊放棄皇位繼承權之後，下任法米利昂國王就是我了，我當然要思考子嗣的問題呀。」

史黛菈放開一輝，拿起蓮蓬頭，沖掉一輝頭髮上的泡沫。

一輝閉著眼，以免水流進眼睛，一邊在內心咀嚼史黛菈的話。

聽她一說，的確是這麼回事。

露娜艾絲放棄皇位繼承權，嫁到鄰國奎多蘭王國，能繼承法米利昂皇位的人只剩下史黛菈。

也就是說，自己的孩子將來會成為一國之王。

「現在想想，該說是我準備娶一個超級千金？總之我還真是碰了一個大人物啊……」

「呵呵，我跟媽媽不一樣，身體很強壯，一定可以生很多小孩喔。親愛的，你得做好心理準備，等我們畢業，就要讓你好好努力囉。」

史黛菈說著，擦乾一輝的頭髮，愛意滿滿地再次抱緊他小小的身軀。

◆◇◆◇◆

兩人洗完澡，換上運動服，走到宿舍外。
他們出來不打算做訓練。
只是現在才晚上十點，睡覺時間還早，決定去校園附近散步。
一走出宿舍，學園各處和外頭一樣正在辦慶功宴。
「大家還在鬧啊，真有精神。」史黛菈說。
「畢竟聽說這次大部分學生騎士都受到徵召了。」
其中有一大群人根本沒報名七星劍武祭代表選拔賽。
他們有生以來第一次拚命戰鬥。
活過戰爭的喜悅，讓他們忘記疲勞。
宴會想必會持續到早上。
不過兩人面帶溫馨神情，望著一場場宴會，卻漸漸遠離喧囂。
法米利昂、日本，兩人接連經歷辛苦的戰鬥。
現在他們想獨處一下下。
兩人尋求寂靜的空間，來到破軍校園外。
走到環繞學園的山路上，這裡就沒有人了。
他們走向平時慢跑的路線裡，風景最優美的地方。

那是一座視野開闊的山崖，可以一覽學園附近的湖。

上午的陰天彷彿一場夢，天空繁星輝耀。

今晚的圓月很清晰，他們覺得倒映在湖面的景色，一定美得不得了。

湖景沒有背叛他們的期待。

天空、地面，都可見群星閃爍。兩人手握欄杆，欣賞著這片景色。

「……風好涼，好舒服。」

「畢竟盛夏已經過了。」一輝說。

破軍的校地天然環境多，空氣冷得剛剛好，兩人剛泡過澡，風吹過熱燙的皮膚，很舒服。

微風吹過，兩人靜靜聆聽樹林枝枒摩娑的聲響。

這一刻，多麼平靜。

真希望一直和史黛菈平靜地陪伴彼此。

一輝暗地想著。身旁的史黛菈輕搖紅髮，轉身背對美景。

一輝疑惑，順著她的視線看去。只見史黛菈仰望山坡樹林的另一頭，破軍學園的校舍就在樹林後方露了臉。

她的雙眸，感覺比凝視美景時更加愉快。

「……我進入這所學園，其實才過了短短四個月。發生了好多事喔。我沒想過離開法米利昂，自己可以成長到現在的程度，還遇到一個自己這麼喜歡的人。」

史黛菈說著，手悄悄疊上一輝小小的手。

「我也一樣。」

一輝輕輕回握，面向史黛菈。

「我去年也還是一年級，但史黛菈來了之後，我這四個月過得比那一年充實好幾倍。很多事都改變了，我幾乎想不起四個月前的自己是什麼樣子。」

他凝視眼前的少女。

五官清晰，完美的臉蛋；

紅蓮般的光滑秀髮，配上白皙細緻的肌膚；

但那雙紅玉眼眸比這些更美，和自己一樣，直視著顛峰。

他深愛著少女的一切。

絕不願意把少女的任何一部分讓給別人。

哪怕陪伴在她身旁，需要背負沉重的責任。

只要能繼續與她並肩前行，一切的一切，他甘願承受。

他願意為她做任何事，也認為自己為此無所不能。一輝由衷地想。

「四個月之前，我沒想到自己會這麼投入在戀愛裡。更別說，現在居然要思考自己以後生孩子，會怎麼樣……」

「——你很擔心？」

「有一點。」

一輝不覺得現在需要逞強。

他誠實地點頭。

「畢竟我以往沒什麼機會觀察父親……總會擔心自己能不能為人父母，該怎麼對待孩子之類的。」

「…………」

「不過……」

「不過？」

「比起擔心，我一樣、不，是更期待那一天到來，已經迫不及待了。」

這也是一輝真誠的想法。

史黛菈剛才提到子嗣之前，一輝從沒想過自己有後代的事。現在想像他和史黛菈之間未來會誕生一個小生命，該怎麼說……他不禁覺得，自己的人生真是美好得不得了。

「如果我的孩子是女孩子，又長得像史黛菈……我好像能明白，妳剛才為什麼這麼興奮。」

「對吧。」

史黛菈輕笑，蹲下身。

她和一輝維持等高的視線，問道：

「一輝，你以後願意和我在一起一輩子嗎？」

不，這不是真的詢問。

畢竟這問題太傻，根本不需要一直確認。

史黛菈在向一輝撒嬌。

她相信，一輝會給她最想聽的答案。

「當然。」

一輝找遍全世界，也不會有一個合理的原因，讓他違背女孩的期待。

他將自己毫無虛假的心意化做言語，給了史黛菈最想聽的承諾。

「這裡是屬於我的歸處，絕不讓給任何人。」

「……」

於是，在滿天星辰之下，彼此自然地渴求心愛之人的雙脣。

◆◇◆◇◆

美軍基地內部。

南鄉、愛德懷斯、小莉披荊斬棘，砍殺〈超人〉亞伯拉罕，終於抵達一條長廊，前方就通往基地最深處。

「痛痛痛……那些長得像的人就如傳聞一樣，強得不得了呢。他們用看不見的力量，突然折斷我的手臂，嚇了我好大一跳。」

〈念力〉把小莉的慣用手扭向內側。她用另一手強行把手臂折回來，並以從史黛菈那偷來的〈龍的代謝能力〉，治好手臂。

「一個人倒還好對付，同時對上多個這層級的伐刀者，真是難處理……而且他們還透過〈心電感應〉溝通，合作無間，簡直像是昆蟲。」

愛德懷斯在小莉身旁奔跑著。她的傷不像小莉那麼嚴重，但她以剩餘魔力編織的甲冑，原本強度直逼靈裝，現在卻東缺西少，白皙肌膚也處處滲出血絲。

正如愛德懷斯剛才的評價，〈超人〉亞伯拉罕群體作戰時，更能發揮無與倫比的效果。

要在數量占絕對劣勢的狀況下，對付無數亞伯拉罕，世界最強劍士如她，也費了一番功夫。

「南鄉先生，真虧您能一個人撐到我們來。」

「呼……齁、齁齁，老朽可是有〈無缺〉之稱，防守就是老朽的看家本領……只維持防守，倒還過得去……不過像現在要主動進攻，那些傢伙真讓人吃盡苦頭啊。」

南鄉是三人之中傷得最重的。

他的臉半邊燒燙傷，沒了一隻眼睛。

別看他還能硬撐，現在呼吸過淺，臉色蒼白，再不馬上治療，可能會危及性命。

但是，愛德懷斯沒有顧慮他的傷。

畢竟現在有要事，比南鄉的性命更加緊迫，而南鄉——這名高潔的老騎士也希望繼續前進。

於是——

「吃這苦頭倒是值了，總算到了啊。」

三人千辛萬苦，終於來到美軍基地最深處的倉庫兼避難所。

漫長的通道盡頭，巨大鐵牆關住避難所出入口。不過——

「小莉，麻煩妳了。」

「明白！」

〈饕餮〉現在擁有〈紅蓮皇女〉的能力，輕易就能打破這道牆。

小莉讓自己的手甲靈裝〈鑾鬼〉附上青藍焰火。

一層又一層，搖曳的火焰逐漸凝聚成光芒。

她以那包裹藍白光輝的雙拳——

「〈燃天焚地龍王炎〉!!」

將史黛菈伐刀絕技中的最強火力，貫注於崩拳，擊向鐵牆。

炙熱之拳，一擊融解兩公尺厚的鋼牆，彷彿打破肥皂泡似的，打出個大洞。

牆後是一個高且寬的空間，天花板高度比飛機的機庫更高，而空間的正中央，燈光照亮著一尊寒冰王座。

南鄉找到王座，瞇細剩餘的右眼，十分懷念。

「〈暴君〉……久違了。」

那場大戰的表象之下，南鄉和〈白鬍公〉、龍馬一同進攻，那是他最後一次看見那人的模樣。

〈暴君〉的祕密等同世界級機密，當時上層決定，扣除「看守者」，所有人不得踏入王座之間。

「哦？這位就是有名的〈暴君〉亞當斯・蓋堤亞閣下？」

小莉聽南鄉稱呼王座的屍體為〈暴君〉，興匆匆地跑了過去。

不過她在王座前歪了歪頭。

「可是，怪了？他怎麼會死掉？」

「他沒有死，而是整個人連同**存在的時間**，一起被冰凍起來。下手的人就是我的師傅——龍馬師傅。」

愛德懷斯配合南鄉的步伐，慢慢走到王座前，並且回答小莉的疑問。

一把日本刀，釘住了死屍。

那是〈大英雄〉黑鐵龍馬的雙刀靈裝，〈冰牙〉的其中一柄。

曾經的大戰底下，展開了一場真正的決戰。

當時〈暴君〉以〈精神操控〉暗地操縱戰爭。現今〈聯盟〉領袖，〈白鬍公〉率領了特務部隊，對上了〈暴君〉。當時龍馬以形同半身的一柄〈冰牙〉，直接冰凍〈暴君〉的性命與時間，為戰爭畫下句點。

此戰之後，龍馬失去了一半能力，不得不退出第一線戰場。

——南鄉身為曾經的宿敵，本想對〈暴君〉抱怨幾句，不過——

「現在老朽說什麼，你也聽不劍了。畢竟——……嗯？」

南鄉說到一半，忽然語塞。就在此時——

機庫的內部照明剛才還只照亮王座，現在燈光突然同時點亮，整個機庫亮得像白天。

緊接著——

「哈哈哈，臭老鼠！我終於把你們逼進角落了！」

南鄉身後，愛蘭茲和三十個亞伯拉罕，從唯一的出入口擠進機庫。

「居然給我到處亂竄，而且不知何時還多了更多老鼠！你們這群傢伙，真是麻煩透頂。但你們終究只有三個人，不是〈ＰＳＹＯＮ〉的對手！」

愛蘭茲打了個響指。

下一秒，他身邊的亞伯拉罕施展〈瞬間移動〉。

以王座為中心繞成圓圈，包圍三人。

「……」

「哎呀……這下敵人數量多，打鬥的地點也不太好耶……」

愛德懷斯和小莉馬上面向敵人，擺出架勢。

現在這個狀況，愛德懷斯的額間冒出汗珠。

這裡毫無遮蔽物，又被人團團包圍。

她很清楚，假如直接開戰，先不提自己跟小莉，南鄉已經重傷又疲憊，肯定會喪命。

但是——

「卡爾・愛蘭茲!!」

「——!」

「南鄉先生!?」

南鄉不顧愛德懷斯的擔憂，貿然拿起〈魔笛〉，攻向愛蘭茲。

亞伯拉罕當然不會眼睜睜看著他攻擊。

他隨即〈瞬間移動〉，堵住去路，雙拳包裹火焰與電擊，直接朝南鄉招呼。

「南鄉先生！別一個人進攻，太亂來了！」

愛德懷斯直接介入，以雙劍彈開亞伯拉罕的攻擊。

她開口告誡南鄉，不要胡亂衝刺，但是——

「————」

南鄉沒有聽進去。

他對愛德懷斯的制止充耳不聞，直接奔過她身邊。

（他怎麼會……！）

這麼慌亂？

愛德華斯不懂原因，但她必須保護南鄉。

她將主掌「契約」之力灌注靈裝——

「〈暴力征服（Sacred order）〉！」

這項伐刀絕技透過劃傷對象，進而獲得對象的強力命令權。

愛德懷斯斬傷剛才制止南鄉的兩個亞伯拉罕，發動能力。

兩人暫時聽從愛德懷斯。南鄉仍繼續攻向愛蘭茲，又有亞伯拉罕出現在他身旁。她隨即將那兩人派去對付南鄉旁邊的亞伯拉罕。

愛德懷斯的機智，讓南鄉逃過兩次攻擊，只差一步，他就能捉住愛蘭茲。

「咿!?」

愛蘭茲想逃跑，但為時已晚。

南鄉不給愛蘭茲機會轉身，直接撲向他，將他撞倒在地，〈魔笛〉貫穿他的肩膀，將他釘在地上。

「呃啊！」

南鄉釘住愛蘭茲之後，衝著他吶喊。

「太好了……」

南鄉孤注一擲的自殺式進攻雖然危險，卻奏效了。

敵軍首領愛蘭茲成了人質，就能突破窘境。

愛德懷斯和小莉這麼認為。

她們暗自鬆了口氣。

但是——

——南鄉卻不同。

他吶喊著，語氣帶著強烈的慌亂與焦躁。

「你這混蛋……！你把〈暴君〉，亞當斯・蓋堤亞的靈裝拿去哪了!?」

「——!!」

愛德懷斯聞言，登時一陣戰慄，望向〈暴君〉的屍體。

她這時也發現了。

屍體原本應該握著一柄血紅長劍。

靈裝〈噬血者(Blutsauger)〉已經不翼而飛。

愛蘭茲被貫穿肩膀，痛得說不出話——

這時卻大大張開嘴，露出一口黃牙，笑得像是一隻柴郡貓。

「——!!」

南鄉感覺到不妙，但已經來不及。

下一秒，愛蘭茲木桶般的肥滿軀體，突然飛出無數白色鐮刀狀物體，從左右貫穿南鄉的身體。

「嗄、啊啊!?」

「南鄉先生!!」

「〈鬥神〉閣下！」

捅破愛蘭茲肉體的白色鐮刀狀物體。

那是愛蘭茲變大的肋骨。

「假貨……!是愛蘭茲的〈魔法生物〉……!」

南鄉吐著血，狠瞪愛蘭茲。

緊接著，愛蘭茲的臉從頭頂到下巴裂成兩半，變成一張巨大的嘴，開始哈哈大笑。

「哈哈哈哈，對，你說得沒錯。真正的我早在南鄉拖延戰鬥的時候，就已經離開了。畢竟我之後還有要事要去日本一趟。不管太平洋艦隊**是贏是輸**，我都必須行動，達成目的。」

「唔、你想用〈暴君〉的屍體、引發、大戰嗎……」

巨大的嘴脣嘖了一聲。

「NONONO，那是工作，不是我的目的。我也跟月影他們說過，我本來就對總統(President)的目標沒什麼興趣。我頂多幫他們一把，可以順便達成我的目的。不過，總統的計畫不一定順利。日本太棘手了，你跑到這裡出差，算是少個麻煩，但只要〈世界時鐘〉還在日本，戰爭的勝負就很難說……就我的角度，總統的計畫失敗，我還是要達成自己的目的。」

「你到底、打什麼算盤……你想做什麼！」

巨大的嘴中伸出一條觸手，觸手前端長著愛蘭茲的臉。觸手伸到南鄉耳邊，悄聲說道。

他的目的，他做為超能力研究者的目標，那就是——

「創造史上最強的生命體。」

「——!?」

「我想親手把『人類』變得更完整。〈暴君〉是史上最強的超能力者，歷史上最超越人類的人類。我本來以為使用他的遺傳基因，肯定可以達成我的目的。不過……你們和他戰鬥過，應該也有感覺。亞伯並不完整。他的能力完美無缺，但終究和這個『誘餌』一樣，只是我創造的〈魔法生物〉。他的精神根本不及人類，簡直就是機器。他的基礎能力再強大，終究不帶〈魔人〉超越命運的力量。這就不行了，這只是人偶，有殘缺。」

愛蘭茲自己創造了亞伯拉罕，卻冷酷無情，當面辱罵亞伯拉罕。

「我的〈魔法生物〉終究無法超越我這個人的範疇。要達到極致，只能讓一個生命體以『人』的身分出世。」

愛蘭茲說。

為此，他需要「極致的靈魂」，以及「極致的肉體」。「極致的靈魂」可以從〈暴君〉的靈裝〈噬血者〉萃取，但肉體的部分就難了。他完全找不到能夠寄宿強悍肉體的「母體」。

「……對，**本來找不到**。值到我透過亞伯的眼睛，目睹那場七星劍武祭決賽！」

愛德懷斯聞言，臉色一變。她當時也在場。

她已經察覺愛蘭茲的目的是什麼。

但是——

「好了，時間差不多了。」

她已經沒有時間阻止對方。

「唉喲!?這什麼聲音!?」

地鳴。巨大的地鳴聲震盪整座機庫。

「我已經回收〈暴君〉的靈魂，〈噬血者〉。那邊的只是一具空殼，我用不到，就送給你們了。我就讓它跟你們陪葬，當作送你們去冥府的伴手禮。」

「糟了……！」

南鄉聽著愛蘭茲的語氣，察覺事態不妙。

但是──

「這裡距離地面有二十公尺，二十公尺厚的山地崩塌與土石流，即使強如你們三個〈魔人〉，我看也頂不住吧？」

──一切都為時已晚。

愛蘭茲以〈暴君〉的屍體為誘餌，引誘南鄉等人落入陷阱。

當他們踏入陷阱，勝負早已無法扭轉。

下一秒，機庫的天花板崩塌，碎裂的岩盤和土石流灌入機庫。

轉瞬之間，土石掩埋了這個地底空洞，壓垮機庫內所有東西。

也包括機庫內的所有人類。

◆◇◆◇◆

一輝渴求心愛少女的雙唇，閉上雙眼。

下一秒，颳起一陣風。

這陣風，異於方才撫過兩人的舒適微風。

那是蘊藏魔力的漆黑狂風。

一輝猛地睜開眼。

他的眼前——

〈PSYON〉的亞伯拉罕——他從身後扣住史黛菈。

「————！」

史黛菈馬上想顯現靈裝。

然而，瞬間的疏忽成了致命傷。

史黛菈剛要詠唱咒語，亞伯拉罕直接從她的喉嚨，對頸椎施放〈人體放電〉。電擊強制讓大腦當機，截斷史黛菈的意識。

她的手伸向一輝，頭一低，隨即徹底失去意識。

但是亞伯拉罕電暈史黛菈的當下，一輝早就顯現〈陰鐵〉，一刀刺進亞伯拉罕的臉部。

——亞伯拉罕卻沒有閃躲。

「咦!?」

〈陰鐵〉的黑刃直接貫穿亞伯拉罕的咽喉。

緊接著，亞伯拉罕做出難以置信的行為。

他主動往前進，讓刀刃更深入體內。

不顧喉嚨被攪爛，依舊向前進，從上方制伏一輝嬌小的身體。

對，他出手制伏了。

——不知何時，史黛菈已經不在亞伯拉罕的手上。

她在哪？

一輝怒不可抑地扯爛亞伯拉罕的喉嚨，打算逃離拘束。

就在這時。

「哈哈哈！亞伯，幹得好！」

道路的另一側。

一輝跟史黛菈來到山上的另一側，黑暗中發出了笑聲。

一輝的目光越過扣住自己的亞伯拉罕肩頭，找到笑聲的主人。

一名白衣老人雙手抱著昏倒的史黛菈。

「你們能擊敗所有〈ＰＳＹＯＮ〉，有點出乎我意料，不過我已經達成目的，這就夠了！而且是心滿意足啊！哈哈哈！」

那名禿頭老人肥胖身軀外頭套著白衣，露出一口黃牙，開心地笑著。

一輝在新聞看過那張臉。

美國政經界的要人，也是該國引以為傲的天才科學家。

更是〈企業號〉的改造者，〈大教授〉卡爾・愛蘭茲。

換句話說，他是敵人。

「美軍!!居然還有人躲在國內!!」

「喔喔喔——我還以為這是誰呢，這不是大名鼎鼎的〈劍神〉，一輝・黑鐵？喔，對了，我記得你是這女孩的未婚夫？」

「放了史黛菈！」

「哎呀……那我得告訴你個壞消息，我要帶走這女孩。我要讓她成為聖母，為我生下『究極生命體』，完成我的夢想、我的夙願。」

「你、開什麼玩笑————!!」

這男人究竟在說什麼？

他想幹什麼？

一輝完全搞不懂。

但他可以肯定。

現在不殺死這個男人，一切都會後悔莫及。

一輝不顧稀少的魔力尚未恢復，毫不猶豫施放魔力。

他順勢揮劍，從被制伏的狀況下，直接斬下亞伯拉罕的首級。

緊接著，他馬上想撲向愛蘭茲——

「亞伯。」

沒了頭顱的屍體，從背後扣緊一輝。

「呃!?」

一輝想甩開屍體，但他奮力抬起身體，卻無濟於事。

小孩的臂力無法擺脫束縛。

既然如此——一輝從側腹旁一刀刺破亞伯拉罕的心臟。

這一擊足以致命，然而——

「亞伯和〈企業號〉的活體金屬一樣，都是我以能力創造的〈魔法生物〉。所以我可以自由改變他的構造。」

愛蘭茲露出黃牙，笑道。

這時——

一輝感覺身後有一股熱度。

熱度頓時炙熱如火，下一秒——

「Good bye，我想我們不會再見了。」

「史黛——」

亞伯拉罕繼續扣住一輝，身體發生大爆炸。

爆炸聲與熱風毀掉寧靜的夜。

火焰吞噬了一切，什麼也看不見。

一輝的身影，一輝呼喚史黛菈的聲音，一切的一切葬送火海。
愛蘭茲滿意地看著，以〈細胞魔法〉讓自己背上長出蝙蝠翅膀，飛往黑夜。
〈紅蓮皇女〉史黛菈．法米利昂也被迫隨他而去。

黑煙冉冉升起。
群眾逐漸聚集，前來查看狀況。
珠雫發現黑鐵一輝倒地，瀕臨死亡，尖叫出聲。
這是宣戰的狼煙。
最後的戰役即將開始。
不只賭上心愛少女的命運。
月影畏懼，天童哀嘆，那人即將帶來世上最深沉的黑夜。與那人之間的戰鬥，即將展開。

落第騎士英雄譚

後記

感謝各位讀者購買《落第騎士英雄譚》第十八集。

好久不見，我是海空。

感覺全世界變得有點糟糕，都是新冠肺炎的錯。

這場混亂影響了所有行業，不知道各位讀者還好嗎？我自己狀況不太好，因為我在四月（※日本出版時間），也就是疫情大混亂的顛峰，出版新作《我和女友的妹妹接吻了。》，對，我直接被影響（死魚眼）。

還有，我基本上會按照生理時鐘，在外頭的咖啡廳、深夜的家庭式西餐廳寫作，現在完全被打亂生活步調，很難熬。我這五年一直維持這樣的工作習慣……現在腦子運轉不夠，有點想吐。

不過，現在寫這篇後記的時候是五月，書店已經開始營業了，雖然縮短了營業時間，但希望整個社會能慢慢恢復原狀。

近況報告先告一段落，我們來聊聊本書劇情。

從這集開始，《落第騎士英雄譚》將會進入最終篇章。

內容簡單明瞭，就是一群勇者闖進魔王城，拯救被囚禁的公主，算是典型的動作故事。

到了最終篇章，史黛菈終於站在女主角的立場上了（笑）。

不過如各位所知，這女孩不可能到故事尾聲都當個被囚禁的公主，希望各位繼續期待她跟一輝的表現。

最後，向各位致上謝辭。

小原責編，以及GA編輯部的各位，這次也畫出熱騰騰、色情滿點插畫的WON老師（尤其是和珠雫合體的一輝，帥得不得了啊！），非常感謝各位的協助。

還有各位讀者，真是謝謝各位一直支持本作。

現在回想，本作延伸成這麼長久的系列作，這一次也要進入尾聲了。是好是壞，也就到這一章為止，我會努力，寫出一部自己覺得最棒的作品。

那麼各位，我們下集見！

落第騎士英雄譚

落第騎士英雄譚18
（原名：落第騎士の英雄譚18）

著者／海空陸　繪者／WON　譯者／堤風
執行長／陳君平　美術總監／沙雲佩　國際版權／高子甯、賴瑜妗
榮譽發行人／黃鎮隆　美術編輯／方品舒　文字校對／施亞蒨
協理／洪琇菁　執行編輯／石書豪　內文排版／謝青秀

出版／城邦文化事業股份有限公司　尖端出版
臺北市南港區昆陽街十六號八樓
電話：（〇二）二五〇〇—七六〇〇
傳真：（〇二）二五〇〇—二六八三
E-mail: 7novels@mail2.spp.com.tw

發行／英屬蓋曼群島商家庭傳媒股份有限公司城邦分公司　尖端出版
臺北市南港區昆陽街十六號八樓
電話：（〇二）二五〇〇—七六〇〇（代表號）
傳真：（〇二）二五〇〇—一九七九

中彰投以北經銷／楨彥有限公司（含宜花東）
電話：（〇二）八九一九—三三六九
傳真：（〇二）八九一四—五五二四

雲嘉以南／智豐圖書有限公司
（嘉義公司）電話：（〇五）二三三—三八五二
傳真：（〇五）二三三—三八六三
（高雄公司）電話：（〇七）三七三—〇〇七九
傳真：（〇七）三七三—〇〇八七

香港經銷／一代匯集
香港九龍旺角塘尾道六十四號龍駒企業大廈十樓B&D室
電話：（八五二）二七八三—八一〇二
傳真：（八五二）二七八二—一五二九

新馬經銷／城邦（馬新）出版集團 Cite（M）Sdn. Bhd.
E-mail: cite@cite.com.my

法律顧問／王子文律師　元禾法律事務所
臺北市羅斯福路三段三十七號十五樓

二〇二四年六月一版一刷

■中文版■

郵購注意事項：
1.填妥劃撥單資料：帳號：50003021戶名：英屬蓋曼群島商家庭傳媒(股)公司城邦分公司。2.通信欄內註明訂購書名與冊數。3.劃撥金額低於500元，請加附掛號郵資50元。如劃撥日起 10～14日，仍未收到書時，請洽劃撥組。劃撥專線TEL：(03)312-4212 ・ FAX：(03)322-4621。E-mail：marketing@spp.com.tw

國家圖書館出版品預行編目資料

落第騎士英雄譚 / 海空陸作；堤風譯. -- 一版. --
臺北市：城邦文化事業股份有限公司尖端出版：
英屬蓋曼群島商家庭傳媒股份有限公司城邦分公
司尖端出版發行, 2024.06-
冊； 公分
譯自：**落第騎士の英雄譚**

ISBN 978-626-377-939-6（第 18 冊：平裝）

861.57　　113006164